KB164174

내 인생에 묻습니다

copyright © 2023, 투에고
이 책은 한국경제신문 한경BP가 발행한 것으로
본사의 허락 없이 이 책의 일부 또는 전체를 복사하거나
전재하는 행위를 금합니다.

인생 리셋을 위한 셀프 퀘스천

내 인생에 묻습니다

투에고 지음

the
Questions
of
Life

한국경제신문

열심히 살았는데 아직도
선명하게 그려지는 미래가 없어요.
그냥 이대로 가도 괜찮은 걸까요?
삶이 정처 없이 흘러가는 것 같아
너무 불안해요.

WHERE?

당신의 목적지는 어디인가?

그런데 이 불안의 근원은
어디에 있는 걸까요?
이유를 모르겠어서 더 불안해요.

WHY?

불안은 내면의 사이렌,
그 이유를 찾다 보면
새로운 답을 찾을 수 있을지 모른다.

언젠가부터 내가 나를 모르겠고,
어떻게 살고 싶은지,
내가 무엇을 좋아하는지도
잘 모르겠어요.

WHO?

중요한 것은 당신은 누구이고,
어떤 사람이 되고 싶고,
누구와 삶을 함께하고 싶은가이다.

인생이라는 바다에는 두 가지 길이 있다.
정해진 항로로 가는 법,
길을 만들면서 가는 법.

어떤 길이든 출발하기 전
항로를 예측하기 마련이지만,
인생은 수많은 가능성으로 이뤄진 바다.

생각지 못한 변수로
길을 잃거나 혼란스러워지기 마련이다.

그러나 조급해하지 마라.
조급함은 가장 큰 적이다.

이때 조급한 마음에
섣불리 방향을 틀거나,
정답을 빨리 확인하고픈 마음에
정신없이 노를 젓다 보면,
내가 어디로 가는지도 모른 채
어디인지도 모를 곳에 도착하게 된다.

절망하지도 마라.
다 괜찮다.

늘 그랬듯 당신은
결국엔 길을 찾을 것이고
다시 나아갈 것이다.

경계해야 할 것은 '이미 늦었다'라는
완전한 절망이다.

하지만 정말로 늦지 않았다.
누구나 초행길에서는 길을 잃기 마련이고,
인생은 누구에게나 초행길이다.

이렇듯 저마다 다른 이유로
조금씩 늦게 종착지에 도착하는 것이
인생이다.

종착지에 빨리 도착하고 싶은가?

하지만 인생에는 원래 완벽한 끝이 없다.
완전한 종착지는 죽음뿐이다.

차라리 잠시 멈추고
나 자신에게 이렇게 질문해 보자.

단지, 목표를 이루는 것이 인생인가?

우리는 그보다 더 중요한
질문을 던져야 한다.

'나는 어디로 가고 있는가?'
'그곳에 왜 가야 하는가?'
'나는 누구인가?'

심연의 바다에서
다시 나 자신이라는 희망의 불빛을
밝혀줄 여정을 시작한다.

차례

오늘의 나에게 해주고 싶은 이야기

오늘도 인생이라는 바다에서 목표 지점을 향해 힘차게 노를 젓는다. 하루하루 조금씩 변화하는 풍랑에 맞춰 방향을 바꾸는 것은 그날마다 오늘의 해야 할 일을 만들어 실천하는 것과 비슷하다.

어쩌다 한 번씩 불어오는 인생의 크고 작은 태풍으로 인해 흔들리는 배의 귀퉁이를 잡고 간신히 버틸 때가 있다. 그러나 대체로 한차례 태풍이 지나가고 나면 맑게 갠 하늘에서는 항로가 좀 더 명확히 보이고는 했다. 그러니 정해진 대로 꾸준히만 노력하면, 그런 날들이 모여 의미 있는 결과로 이어질 거라고 믿었다.

언젠가부터 일상이 그냥 흘러가기 시작했다.

일하고, 운동하고, 사람을 만나고, 일정하게 반복되는 루틴에 익숙해져 갔다. 편안함이 주는 안락함에 취해 반복을 반복했다. 하지만 언젠가부터 조금씩 자라나는 불안감을 애써 모른 척 넘겼다.

그런데 정말 이대로 괜찮은 걸까?

의문이 나날이 몸집을 키워갔다. 과연 내가 끝까지 해낼 수 있을까? 하나부터 열까지, 지금껏 해온 모든 일에 의문이 피어올랐다. 그러다가 결국 더 이상 노를 저을 수 없는 지경에 이르렀고, 배는 바다 한가운데서 표류하게 되었다. 불운은 혼자가 아니라고 설상가상 태풍까지 찾아왔다. 정신없이 몰아치는 바람에 이러지도 저러지도 못한 채 웅크리고 있었다. 얼마나 지났을까? 꽤 오랜 시간이 흐른 뒤 나는 고개를 들었다. 사방으로 트인 고요한 바다가 나를 맞이했다.

많은 생각들이 파도 위에서 일렁거렸다. 그동안 너무 앞만 보고 달려왔다. 그게 잘못된 방향인 줄도 모르고. 그럼 나는 이제 어디로 가야 하지? 그런데 그 길도 아니면? 지금까지 달려온 길이 까마득해 다시 돌아보는 것이 두려워졌다. 목적지를 향해 열심히 노를 저었지만 내가 어디쯤 왔는지는 확인하지 않았던 것이다.

그동안 나는 나 자신을 누구보다 잘 안다고 자부했지만, 내 꿈, 내 인생, 내 가치관, 내 사람들… 막상 깊숙이 안을 들여다보니 정작 아는 것이 생각보다 단편적이라는 것을 알게 되었다.

인간의 마음은 불완전하다. 파도처럼 쉴 새 없이 일렁이며 모습을 달리한다. 어떤 날은 사나운 기세로 몰아쳤다가도, 또 어떤 날은 어떤 것이든 포용할 듯 너그러워진다. 그렇기 때문에 혼란스러워지지만 우리가 계속해서 인생의 항로를 점검해야 하는 이유는 그것이다. 내가 원하는 것이 무엇인지, 누구와 삶을 함께 하고 싶은지, 지금 어떤 마음인지 수시로 질문해야 한다.

오랫동안 슬럼프를 겪은 내가 찾은 방법은 나에게 질문하고 내가 지금 해야 할 것들을 리스트로 정리하는 것이었다. 이 리스트를 따라가며 인생에서 해야 할 것들과 버려야 할 것들을 분류하고 나면, 궂은 날씨 뒤에 하늘이 개듯 명징한 것들이 남을 것이다. 무언가 잘못되고 있다고 느낄 때, 항로를 잃어 표류 중이거나 태풍을 만난 사람들에게 이 질문과 리스트들이 작은 부표가 되길 바란다.

사소한 걱정은 잠시 내려둘 것

걱정하던 일은 일어났을까?
결론부터 말하자면 아무 일도 일어나지 않았다.

오랜 세월이 흘러도 잊히지 않는 장면이 있다. 교탁 위에 놓인 발표 자료들과 나를 주목하는 시선들. 그리고 목덜미를 뻐근하게 만들며 흘러내리던 식은땀, 심장이 튀어나올 듯 두근거렸던 감각. 저 시선에 언제쯤 의문이 떠오를까? 분명 내 모습이 우스꽝스럽고 이상해 보이겠지? 그런 생각은 내 불안의 부피를 키우고는 했다.

어린 시절 나는 주목공포증이 심했다. 수업 시간에는 선생님이 나를 지목하기라도 할까 두려웠고, 발표 시간이 있는 날이면 걱정되는 마음에 밤잠을 설치곤 했다. 나이가 들면서 이런 불안을 다스리는 요령을 어느 정도 터득했지만, 그럼에도 여전히 걱정은 그림자처럼 나를 따라다녔다. 뭔가에 몰두하고 있을 때는 찾아오지 않다가, 눈을 감고 잠들려 하거나 온전히 혼자가 되었을 때 밀물처럼 밀려왔다.

첫 사회생활을 할 때의 일이었다. 아침까지 꼭 끝내야 하는 일이 있어 늦게까지 야근을 하고 있었는데, 연일 반복된 야근 때문인지 참을 수 없이 잠이 쏟아졌다. 좀처럼 집중이 되지 않아, 차라리 조금이라도 눈을 붙이려고 집으로 돌아갔다. 그런데 막상 녹초가 된 몸으로 침대에 누우니 잠이 오지 않았다. 알람 소리를 못 들으면 어떻게 하지? 아니, 이 일을 끝낼 수는 있을까? 그게 상사의 마음에 들까? 자그마한 걱정이 꼬리에 꼬리를 물기 시작하더니 어느새 거대해진 몸집으로 나를 짓눌러왔다. 그 무게감에 가슴이 답답하고 숨이 막혔다. 어떻게든 잠을 자려고 억지로 눈을 감아 보았지만 헛수고였다.

그렇게 다음날 아침이 되었을 때는 걱정할 기력조차 없을 정도로 피곤해졌다. 걱정이 계속되자 당면한 일과는 상관없는 온갖 걱정들까지 하나둘 떠오르기 시작하더니, 결국 뜬 눈으로 밤을 새우게 된 것이다.

걱정하던 일은 일어났을까?
결론부터 말하자면 아무 일도 일어나지 않았다.

알람 소리를 듣지 못해 지각하는 일은 없었고, 시간에 맞춰 일을 끝냈으며, 결과물을 확인한 상사는 수고했다고 말했다. 며칠이 지나자 그런 걱정을 했었다는 사실조차 잊게 되었지만, 또 다른 걱정거리가 그 자리를 밀어내고 들어와 있었다.

심리학자 어니 젤린스키(Ernie J. Zelinski)는 우리가 하는 걱정의 40퍼센트는 절대로 일어나지 않을 일들이며, 30퍼센트는 과거에 이미 일어났던 일들, 22퍼센트는 사소한 일들, 4퍼센트는 자신의 힘으로 바꿀 수 없는 일들, 나머지 4퍼센트야말로 진짜로 걱정해야 하는 일들이라고 말한다. 그 말에 따르면 무려 96퍼센트가 하지 않아도 될 쓸데없는 걱정이라는 것이다. 물론 사람마다 정도의 차이는 있겠으나, 여태껏 해왔던 무수한 걱정들을 돌이켜보면 내가 갖고 있었던 불안의 크기나 무게감과는 달리 그때는 왜 그런 것들까지 걱정했을까 싶을 정도로 인생에 있어서는 사소한 일들에 불과했다.

실제로 일어나지 않을 일이나, 일어나도 해결하기 어려운 일을 지나치게 걱정하는 것을 심리학에서는 램프 증후군(Lamp syndrome)이라 한다. 이는 6세기경 페르시아에서 구전되던 이야기를 엮은 《천일야화》의 등장인물인 알라딘이 램프의 요정 '지니'를 불러내 소원을 비는 것처럼, 현대인들이 빈번히 걱정거리를 불러내 염려하고 불안해하는 데에서 유래되었다. 다른 말로는 '과잉근심 증후군'이라고 하는데, 복잡한 현대사회에서 아무런 불안이나 걱정 없이 산다는 것은 불가능하겠지만, 지나치게 걱정을 수시로 불러내 거기서 헤어 나오지 못하는 것을 말한다.

하지 않아도 될 걱정이라면 우리는 왜 수시로 '걱정 램프'를 문지르며 걱정을 불러내는 것일까?

걱정이 걱정을 낳는다. 즉, 걱정을 하다 보면 걱정거리가 생긴다. 나도 한때는 이 '걱정 램프'를 수시로 문질렀다. '막연히 잘 될 것'이라며 대책 없이 낙관하다가, 상황이 악화되어 크게 고생을 한 다음부터였다. 다시는 그런 실패를 겪고 싶지 않은 마음에, 어떤 일이든 '만약'이라는 가정으로 수많은 경우의 수를 떠올려보는 습관이 생겼다.

걱정하는 실제로 일어났을 경우 마음의 준비를 할 수 있어서 좋았지만, 연일 모든 경우의 수에 관한 걱정이 이어지다

우리가 하는 걱정의 40퍼센트는 절대로 일어나지 않을 일들,
30퍼센트는 이미 과거에 일어났던 일들,
22퍼센트는 아주 사소한 일들,
4퍼센트는 일어나도 어찌할 수 없는 일들,
나머지 4퍼센트야말로 진짜 걱정해야 할 일들이다.

보니 몹시 피곤하고 예민해졌다. 그러다 보니 그 걱정에 대한 걱정은 어떻게 하면 지혜롭게 중간 지점을 찾을 수 있을까에 대한 걱정으로까지 이어졌다.

이에 대해 데일 카네기(Dale Carnegie)는 자신의 저서《데일 카네기의 자기관리론》에서 윌리스 H. 캐리어(Willis Haviland Carrier)의 말을 인용했는데, 그 방법이 실제로 많은 도움이 되었다.

'일어날 수 있는 최악의 일은 무엇인가?'

두서없이 사소한 걱정들을 여러 개 늘어놓기보다 내게 일어날 수 있는 최악의 상황을 시뮬레이션해 본다. 거기서 받아들여야 할 것은 받아들인 후 머릿속으로 그 문제를 해결할 방법을 찾아본다. 가만히 생각하다 보면 걱정을 많이 하는 것과 문제 해결은 아무런 관련이 없음을 깨닫게 된다. 차라리 일어날 수 있는 최악의 상황을 받아들임으로써 걱정을 정면으로 마주하는 것이 낫다.

나의 경우 '작가'가 되기로 한 결정이 그 시기의 걱정거리였다. 가장 큰 걱정은 금전적인 어려움이었다. 그래서 한겨울에 난방도 들어오지 않는 차가운 방에서 컵라면으로 끼니를 때우는, 급기야 빚까지 지게 되어 온갖 독촉에 시달리는 극단적인 상황까지 그려보았다.

그런데 이상하게도 마음이 차분해졌다. 그게 그리 심각한 일은 아니라는 생각이 들었다. 그런 상황이 되기까지 내가 손을 놓고 있었을 리 없고, 그런 일이 일어난다면 그 과정에는 어찌할 수 없는 사정이 있었을 거라고. 그렇다면 지금 걱정한다고 해도 아무런 소용이 없는 게 아닌가? 그리고 그 문제가 건강을 잃거나, 나 자신을 잃는 것보다 중요해 보이지는 않았다.

그렇게 생각을 정리하고 나니 내가 걱정하는 최악의 상황도 별게 아니라는 생각에 '걱정 램프'를 멀리하게 되었고, 그것을 내 삶의 변수로 끌어안고 살아가기 위해 노력하자 일이 전보다 잘 풀리기 시작했다.

이제는 습관처럼 걱정이 밀려올 것 같은 날에는 머릿속으로 걱정을 정리하는 시간을 갖는다. 해도 해도 끝없이 이어질 근심으로 내 삶을 채울 수 없어서다.

인생에서 저지를 수 있는 가장 큰 실수는
실수하는 것을 끊임없이 두려워하는 일이다.

_____

엘버트 허버드(Elbert Hubbard)

내가 모르는 나를 발견할 것

우리는 누군가를 쉽게 단정 지어서는 안 된다.
그게 설령 '나 자신'일지라도 말이다.

1955년 미국의 심리학자 조셉 루프트(Joseph Luft)와 해리 잉햄(Harry Ingham)은 자신과 타인의 관계를 사람들이 더 잘 이해할 수 있도록 '조하리의 창'이라는 이론을 발표했다. 사분면인 창은 아래와 같이 '열린 영역(open area)', '맹목 영역(blind area)', '은폐 영역(hidden area)', '미지 영역(unknown area)'으로 이뤄져 있다.

	나는 안다	나는 모른다
타인은 안다	열린 영역 (open area)	맹목 영역 (blind area)
타인은 모른다	은폐 영역 (hidden area)	미지 영역 (unknown area)

첫 번째로 '열린 영역'은 나도 알고 타인도 아는 것들이다. 공통으로 아는 외적 정보나 겉으로 드러난 나의 행동, 감정, 능력, 태도, 견해 등이 해당된다. 원만한 인간관계를 위해서는 이 영역을 키워야 한다. 서로 공감할 수 있는 부분이 많아질수록 소통의 폭도 넓어진다.

두 번째는 '맹목 영역'으로 타인은 알지만 나는 모르는 것들이다. 얼마 전 지인이 내게 운전할 때 한숨 쉬는 버릇이 있다고 알려주었다. 나는 조금 놀랐다. 누구보다 나에 대해 내가 제일 잘 안다고 믿었건만, 돌이켜보면 이처럼 내가 모르는 나의 모습을 타인에 의해 알게 된 적이 많았다. 이처럼 무의식의 영역에서 일어난 일들은 스스로 자각하기란 쉽지 않다.

세 번째는 '은폐 영역'으로 나는 알지만 타인은 모르는 것들이다. 비밀 하나, 사연 하나 없는 사람이 있을까? 저마다 트라우마, 콤플렉스, 과거의 상처나 치부와 같은 것들을 숨긴 채 살아간다. 그래서 우리는 자신을 보호하기 위해 방어기제라는 방호복을 입는데, 나의 경우에는 그것이 웃음이었다. 나는 내가 지금 느끼는 어두운 감정이 삐져나올 수 없게 웃음으로 겉포장을 하고는 했다. 어떻게 보면 글을 쓰는 행위는 그동안 꽁꽁 싸맸던 마음의 보따리를 조금씩 풀어헤치는 일이었다.

네 번째는 '미지 영역'으로 나도, 타인도 모르는 것들이다. 우리는 겉으로 드러나는 모습만 보고 서로를 판단하려 하지만, 이는 보이는 창의 일부일 뿐이다. '나'라는 사람은 앞면과 뒷면만 있는 것이 아니라, 무수히 많은 면으로 이뤄져 있는 고차원적 존재이기 때문이다. 아마 특별한 기회가 없다면 어떤 부분은 평생 인지하지 못한 채 살아갈지도 모른다.

'나도 모르는 나'를 타인이 온전히 알 수 있을까? 그건 불가능에 가깝다. 그러니 누구를 만나더라도 그 사람이 '어떤 사람'이라고 단정 지어서는 안 된다. 그게 설령 '나 자신'일지라도 말이다.

열심히 목표지점을 향해 달려가고 있는데 내비게이션에 새로운 길이 하나 보인다. 언뜻 보기에는 지금 가고 있는 길보다 길도 곧고 지름길인 것처럼 보인다. 그런데 최대한 빠르게 목표지점에 도착해야 하는 상황이라면 어떤 선택을 하겠는가? 가보지 않은 길이라서 익숙한 길로 빙 돌아서 가겠다고 말하겠는가? 낯선 길로 가는 것에 대한 두려움은 누구나 있기 마련이다. 하지만, 일단 길을 나서면 어딘가에 도착하기 마련이다.

나는 내가 사람들 앞에 나서는 것을 좋아하지 않아서 리더가 될 수 없다고 여겼다. 가능하다면 그런 자리는 고사했고, 주변 사람들도 나에게 리더 역할을 기대하지 않았다. 하지만 막상 역할이 주어지자 걱정했던 것과 달리 잘 해냈다. 도리어 적성에 맞아서 내가 몰랐던 나를 새롭게 발견한 기분이었다.

그동안 기회가 없어서 '잠재된 나'를 아직 만나지 못한 것뿐이었다. 새로운 취향이나 잠재된 가능성을 만나기 위해서는 그만큼 많은 경험을 하도록 계속해서 새로운 길로 가보는 방법밖에 없다. 그러다 보면 전혀 예상치 못했던 곳에서 새로운 '나'를 만나게 될지도 모른다.

무의식의 영역에 무엇이 들어 있는지 누구도 모른다. 긍정적인 모습뿐만 아니라 부정적인 모습도 담겨 있을 것이다. 특히, 상처가 많은 사람일수록 '이 영역'이 깊고 넓다고 한다. 이제 모두 치유됐다고 여겼던 상처들이 자신도 모르는 새 앙금으로 남아 방어기제로 튀어나올 때도 있다. 방어기제가 발동하면 그것이 불합리적이라는 것을 알면서도 무의식적으로 그에 따르게 된다. 인간관계에서 간혹 보이는 불합리성은 그런 이유인지도 모른다.

하지만 이를 끊임없이 의식화하여 인지하는 것이 중요하다. 꾸준하게 심리학 서적을 읽고 우리의 마음속에 이러한 영역이 있다는 것을 인지하는 것만으로도 '미지 영역'을 수면 위로 이끌어내는 데에 큰 도움이 된다.

'조하리의 창'에서는 '맹목 영역'과 '은폐 영역'을 줄이고 '열린 영역'을 넓혀 타인과 원만한 관계를 형성하라고 조언한다. 그렇지만 온전히 나의 모든 것을 공유하는 것도 문제가 되지 않을까? 예컨대, 술자리에서 분위기에 취해 내뱉은 속마음이 이튿날 나를 자책하는 족쇄가 되는 것처럼 말이다.

따라서 '열린 영역'은 넓혀가되, 동시에 여전히 '은폐'해야 할 영역을 각자가 잘 판단해야 할 것이다.

그럼에도 이 이론이 재미있었던 이유는 '맹목 영역'과 '미지 영역' 때문이었다. 즉, 내가 모르는 나라는 영역이 있다는 것이었다. 이를 하나하나 알아가면서 '열린 영역'과 '은폐 영역'을 확장하는 것이 곧 숨어 있는 나를 알아가는 과정이며, 주체적인 내가 되는 길이라 생각한다.

누구나 낯선 길에 대한 두려움은 있다.
그러나 일단 길을 나서면 어딘가에 도착하기 마련이다.

인생의 중간평가 기간을 가질 것

끝까지 해내는 사람과
그렇지 못한 사람의 차이는 무엇일까?

무엇이든 마음먹는 것보다 지켜내는 것이 더 어렵다.

시작할 때만 해도 뭐든 해낼 것처럼 의욕이 넘치지만, 그때의 그 결심이 무색할 만큼 흐지부지되는 경우가 많은 건 왜일까. 하루하루 살아가는 것이 너무 고돼서 나의 인생을 찬찬히 들여다볼 여유가 없을 수도 있으며, 반대로 익숙함이 주는 편안함에 취해 동기를 잃은 것일 수도 있다.

하지만 변하지 않는 것은 없기에, 인간의 불완전한 마음은 수시로 흔들린다. 그런 불완전한 인간이 한번 마음먹은 것을 끝까지 해낸다는 것이 힘든 것은 당연한 것이 아닐까? 끝까지 해내기 위해서는 무수한 자기 인식(Meta Cognition)이 필요하다.

일정하게 반복되는 일상에 익숙해진 나머지, 의심할 여지없는 편안한 일상에 동화되어가던 어느 날이었다. 언제부턴가 노력한 만큼 성과가 나오지 않는다는 것을 알아차렸다. 처음에는 애써 모른 척 넘겼지만 나날이 몸집을 키워가는 불안감을 완전히 외면하지 못했다.

귀중한 시간을 허비하고 있는 것은 아닐까?

이 목표가 정말 실현 가능한 목표일까?

내가 끝까지 해낼 수 있을까?

무엇보다, 내게 재능이 없는 건 아닐까?

내면에서 수없이 피어오르는 의문들과 싸웠다.

목표 지점만 맹목적으로 바라보며 전속력으로 달리다가, 강제로 멈춰 선 기분이었다. 나를 멈춰 세운 것은 내면의 불안감이었다. 이번에는 근거 없는 불안이 아닌 사이렌처럼 나에게 경고하고 있었다.

이대로는 안 된다고. 잠시 멈추라고.

하지만 그때까지 달려온 방향을 바꾼다는 것이 쉽지 않았다. 마음을 다잡으려 해도 며칠 지나면 거짓말처럼 또다시 제자리였다. 어디서부터, 어떻게 바꿔야 할지 막막해만 하다가, 결국엔 처음엔 어떻게 시작했었는지 그 방법조차 잊어버렸다.

안 좋은 일은 연이어 일어난다던가? 이번에는 태풍이었다. 거짓말처럼 모든 일이 잘 풀리지 않았다. 하나가 안 풀리면, 다른 하나는 잘 되겠지… 많은 시도를 하면 그중에서는 성공하는 것들이 있을 줄 알았는데, 그 믿음이 철저히 부서졌다. 더구나 좋지 않은 개인사까지 겹쳐 더이상 뭔가를 시도할 여유조차 없었다. 그저 세찬 풍파 앞에서 휩쓸려가지 않기 위해 버틸 뿐, 이러지도 저러지도 못한 채 웅크리고 있었다.

얼마나 지났을까? 바람이 잠잠해진 것 같아 슬쩍 고개를 들어 주변을 둘러보았다. 고요함이 나를 반겼다. 하지만 지칠 대로 지친 나는 아무것도 하고 싶지 않았다. 일단 하던 일을 손에서 내려놓고 잠시 쉬기로 했다.

돌이켜보면 예전에도 한차례 힘든 시기를 겪은 뒤 삶이 변화한 적이 있었다. 작가가 되겠다는 목표로 글을 계속 썼지만, 아무도 봐주지 않아 외로움에 자포자기하던 시기였다. 마지막으로 시도했던 것이 SNS 계정에 글을 올리는 것이었다. 다행히 운이랑 시기가 맞아떨어졌던 건지, 많은 사람들이 내 글을 읽고 공감하기 시작했다.

그 경험을 통해 깨달은 것은 열심히 한다고 해서 반드시 결과가 좋은 것은 아니라는 것이다. 노력했는데도 진전이 없다면 무엇이 문제인지를 살펴봐야 한다.

운이라는 내가 어찌할 수 없는 요소를 제외하고 다른 문제는 없었을까?

그제야 과정이 보이기 시작했다. 줄곧 해왔던 대로만 하면, 열심히 하고 있으니까 결과는 당연히 좋을 거라고 안일하게 생각했던 것이다. 다시 나아가기 위해서는 지금까지와는 다른, 변화가 필요했다.

사람들이 흔히 하는 착각 중 하나가 멀티태스킹이 가능하다는 것이다. 잠시라면 가능하겠지만 중요한 일이라면, 그만한 대가가 있기 마련이다. 사람이 하루에 낼 수 있는 에너지의 양에는 한계가 있다. 좀 더 효율적으로 '나'를 사용할 필요가 있었다.

그동안 하던 일의 리스트를 종이에 써 내려갔다. 고민 끝에 그동안 의욕만 앞서 늘어놓았던 여러 가지 일 목록 위에 가느다란 실선을 그었다. 그리고 내가 하고 싶고, 잘할 수 있는 것에만 동그라미를 쳤다. 그리고 바로 그 순간, 해낼 수 있을 것 같다는 긍정적인 감정과 함께 마음속에서 어떤 작용이 일어나는 것을 느꼈다.

바로 '초심'이었다. 결국, 모든 시작은 내가 정하는 것이었다. 의지를 갖게 할 동기를 찾을 수 있다면, 어떤 상황이든, 어느 시기든, 나를 출발선에 다시 세울 수 있다.

기차가 종점에 가기 전에 수많은 역을 들리는 것처럼 인생에도 중간 역이 필요하다. 인생이라는 열차의 노선은 매우 복잡해서 길을 잃기가 쉬우며, 목적지도 계속해서 변한다. 어떤 사람은 굴곡 없이 평탄한 길로 달리는 급행을 타기도 하지만, 대다수의 사람들은 그렇게 하다가는 방향을 잃기 쉽다.

방향이 잘못됐다는 것을 알아차렸다면 더 늦기 전에 내려야 한다. 그리고 내 위치를 정확히 파악할 때까지 섣불리 다른 기차를 타지 않는 것이 좋다. 늦을지도 모른다는 불안감이 밀려올지라도 조급해해서는 안 된다. 그러다가 잘못 갈아탄 적이 한두 번이 아니다. 더 큰 문제는 잘못된 방향인 줄도 모르고, 간발의 차로 갈아탔다는 사실에 만족하며 안심한 채, 잘못된 방향으로 쭉 갈 수도 있다는 것이다.

잘못된 방향으로 가는 것보다는 조금 늦는 것이 낫다.
다들 그렇게 조금씩 늦는다.

그 시간을 통해 더 빠른 노선을 찾는다면 예상했던 것보다 더 빨리 목적지에 당도할 수도 있다. 이처럼 인생 그래프는 오르락내리락을 반복한다. 특정 시기에는 크게 떨어지기도 하는데, 이때 휩쓸리면 탄력을 받아 더 곤두박질을 친다. 그럴수록 잠시 멈춰 서서 상황을 냉정하게 바라봐야 한다. 바로 지금껏 내가 살아온 인생에 대한 중간평가를 하는 것이다.

사람들은 동기 부여가
지속되지 않는다고 말한다.
그래서 매일 하라고 하는 것이다.

───────────

지그 지글러(Zig Ziglar)

거절하는 연습을 할 것

내 삶에 정말 중요한 몇 가지를 받아들일
여유를 만들기 위해서라도, 거절하는 방법을 배워야 한다.

예전에는 '나'보다는 '관계'에 초점을 맞췄다.

하루에 주어진 시간의 절반을 타인과의 관계를 맺는 데 사용할 정도로 타인을 우선시했다. 그러다 보니 내 의사와는 상관없이 양보하거나, 무리한 부탁도 흔쾌한 척 들어주는 경우가 많았다. 먹고 싶지 않은 음식, 가고 싶지 않은 모임, 하고 싶지 않은 것들, 그리고 무례한 요구까지 말이다.

그러한 날들이 쌓여 나는 '호불호가 없는 사람' 혹은 '부탁을 잘 들어주는 좋은 사람'이 되어 있었다. 시간이 흐를수록 불편한 상황은 늘어났다. 거절해도 된다는 것을 머리로는 알고 있었지만, 그동안 쌓아왔던 내 틀을 스스로 벗어나는 것이 너무 힘들게 느껴졌다.

기한이 촉박한 업무나 과제도 마찬가지였다. 부탁받은 일을 거절하기 힘들어서 습관처럼 수락했다가, 생각대로 되지 않아서 머리를 싸매고 끙끙 앓기를 반복했다.

"안 되는 거였으면 진작 말해주지 그랬어?"

그렇게 기한을 넘기자 부탁했던 사람은 오히려 화를 냈고, 나는 약속을 어겼다는 자책감에 시달리며 사과했다. 부탁을 수락한다는 것에는 그만한 책임의 무게와 의지가 담겨 있는 것이었다.

그런데 나는 부탁을 수락하는 것에 급급해 그에 대해서는 신중하지 못했다. 그러니 일이 잘 된다고 해도 상대방은 쉽게 해줄 수 있는 일이라고 여겨 대수롭지 않게 생각하고는 했다.

이게 맞나? 나는 앞으로도 영원히 내가 원하지도 않는 것들을, 기꺼운 척 수락하며 살아야 하는 걸까?

그렇게 스스로에게 질문하고 나니 답이 보였다. 그런데 왜 나는 거절을 하지 못하나? 우리는 어릴 때부터 상부상조(相扶相助)하라고, 연장자를 존중(長幼有序)하라고 그게 미덕이라고 배웠다. 그런 환경의 탓인지 나는 부탁을 거절한다는 게 그 사람을 거절하는 것처럼 느껴졌다. 특히, 윗사람의 부탁이나 힘든 상황에 처해있는 사람의 부탁을 외면하는 것이

부도덕하게까지 느껴졌다.

그러다 보니 자연스럽게 거절하지 못하는 습관이 자리잡게 되었는데, 그 이면에는 어쩌면 상대가 나를 부정적으로 평가할지도 모른다는 두려움이 있었는지도 모른다.

사회적 관계나 상호작용에서 고의로 배제당할 때 사회적 거절(social rejection)이 발생한다. 사람은 홀로 살 수 없는 사회적 동물이기에 어떤 형태로든 누구나 거절을 경험하기 마련이다. 이때 사회적 거절이 두려운 나머지 그 상황을 미리 상상해 보고, 실제로 일어났을 때 과민하게 반응하는 경향을 거절 민감성(rejection sensitivity)이라고 한다.

환경적 영향인지 혹은 유전적 영향인지, 원인이 명확하게 밝혀진 건 아니지만, 거절 민감성이 높은 사람은 거절당하고 싶지 않은 마음에 타인을 지나치게 의식한다. 작은 지적이나 비판에도 유난히 힘들어하며, 갈등을 피하고 싶은 마음에 자신의 의견을 표현하는 것조차 어려워한다. 더구나 남의 부탁을 잘 들어주면서, 자신이 거절당하는 상황을 피하고 싶은 나머지 정작 타인에게 부탁하는 것은 힘들어하는 경향을 보인다.

돌이켜보면 나도 거절 민감성이 높은 사람이었다. 정확한 계기는 알기 힘들지만, 학창 시절에는 친구들과의 관계가 소원해지는 것을 유독 두려워했다. 그에 대한 방어기제로 관계에서 '을'을 자처했다. 모두에게 좋은 사람이 되려고 한 것이다. 사소한 일도 확대 해석하여 사과를 반복했고, 은연중에 상대의 기분을 계속 살피며 무제한적으로 상대방의 의견이나 취향을 수락했다.

그 수많은 수락 안에 '나'는 없었다.

시간이 흐를수록 내 안에서 '나'의 존재감은 줄어들었고, 급기야 나라는 존재가 작고 초라하게 느껴지는 지경에 이르렀다. 그 지경이 되어서야 나는 결심했다. 내 삶에 정말로 중요한 몇 가지를 받아들일 여유를 만들기 위해서라도, 거절하는 방법을 배워야겠다고.

물론, 그런 내가 거절하는 사람이 되는 데는 꽤 오랜 시간이 걸렸다. 〈거절에 죄책감을 갖는 사람도 마음의 부담을 덜 수 있도록 해준 방법〉은 다음과 같다.

첫 번째, 무조건 안 된다고 하는 것이 아니라 거절하는 이유를 덧붙인다. 상대의 어려운 마음에 공감하되 정중히 의사를 전달하는 것이다.

두 번째, 시간을 두고 거절한다. 바로 거절하면 상대방도 마음이 상할 수 있고, 나 또한 순간적으로 잘못된 판단을 내릴 수 있다. 그리고, 시간을 두고 거절하면 상대방의 부탁에 대해 고민했다는 인상을 준다.

세 번째, 금전거래나 거절하기 힘든 여러 제안에 대해서는 나의 기준을 미리 만들어 두면 고민의 시간을 단축시킬 수 있다.

거절하고 거절당하는 것은 우리 삶의 자연스러운 과정이다. 그것을 너무 오래 마음에 담아 두는 것은 그 자체로 또 다른 스트레스가 될 수 있다. 정중하고 충분히 납득할 수 있는 이유를 들어 거절했음에도 불구하고 이해받지 못하는 관계라면, 이 관계는 여기까지라고 생각하고 떨쳐버리면 그뿐이다. 내 시간과 감정은 한정적이고, 더 나아가 내 삶을 지키기 위해서라도 거절하는 것에 익숙해져야 한다.

정말로 자유로운 사람은
변명 없이 저녁식사 초대를
거절할 수 있는 사람이다.

———————

쥘 르나르(Jules Renard)

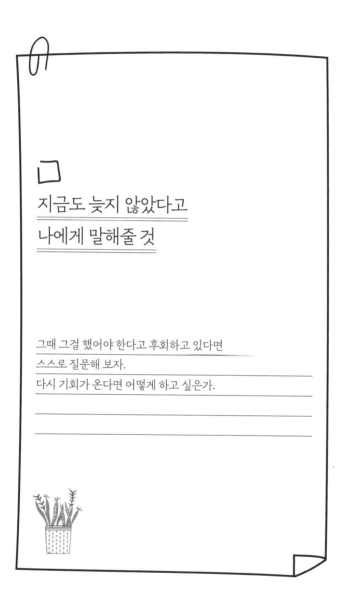

지금도 늦지 않았다고
나에게 말해줄 것

그때 그걸 했어야 한다고 후회하고 있다면
스스로 질문해 보자.
다시 기회가 온다면 어떻게 하고 싶은가.

우리는 한평생 현실과 이상의 괴리를 좁히기 위해 노력하면 서 살아간다. 어떤 이는 자신의 목표에 차근차근 다가가지 만, 어떤 이는 그 차이를 극복하지 못하고 적정선에서 타협 한다. 하고 싶은 것만 하며 살기에 현실이 녹록지 않아서다. 또, 처음에 가졌던 열정이 식거나 퇴색되기도 한다.

그 시기를 버티면 새로운 단계가 보이기도 하지만, 이상을 꿈꾸면서 현실의 삶을 꾸려나가는 것이 쉽지 않다. 그러기 위해서는 지속적인 원동력이 필요하다.

내가 진짜로 원하는 건 무엇인가?

내가 원하는 이상적인 삶을 토대로 우선순위를 정해야 한 다. 만약 안정적인 생활이 중요하다면 무모하게 꿈을 좇지 않는 것이 좋다. 그만큼 위험이 뒤따르기 때문이다. 하지만 반대로 나와 맞지 않는 일, 마주치고 싶지 않은 사람, 서럽 고 고달픈 하루로 매일 고통스러운 아침과 불면의 밤을 보 내고 있는 사람이라면, 진짜로 원하는 것을 찾기 위해 다른 것은 잠시 내려놓는 것도 방법이다.

그렇게 한다고 해서 100퍼센트 잘 된다는 보장은 하기 힘들다. 때에 따라 일시적으로 생활이 궁핍해지는 등의 곤란한 상황에 처할 수도 있다.

그렇지만 삶의 주체인 '나'를 잃는 것만큼 슬픈 일이 있을까?

누군가는 그럴 시기가 아니라며 다시 생각해 보라고 만류할지도 모른다. 그러나, 그건 시간이 흐르고 더 나이가 들어도 마찬가지다. 오히려 시간이 흐를수록 새로운 일을 시작하기에 앞서 '이미 늦은 건 아닐까?'라는 질문이 더욱 발목을 잡는다.

하지만 시작하기에 늦은 때란 없다.

미국의 국민 화가이자 '모지스 할머니'라는 별명으로 불리는 애나 메리 로버트슨 모지스(Anna Mary Robertson Moses)는 평생 농장 일만 해 오다가, 류마티스관절염으로 거동이 불편해진 것을 계기로 76세에 그림을 그리기 시작했다. 그로부터 4년 뒤 개인 전시회를 열었고, 101세의 나이로 죽기 전까지 그녀는 1,500점이 넘는 작품을 남기며 세계적인 명성을 누렸다.

90년대 중반 65세의 사업가인 할랜드 데이비드 샌더스 (Harland David Sanders)는 오랫동안 해오던 사업을 접었다. 정말이지 운이 좋지 않았다! 잘 되던 사업이 하락세에 접어든 것은 연속된 불황과 두 차례의 불행한 화재 때문이었다.

그때 그의 손에 남은 돈은 고작 105달러. 하지만 그의 인생에 운이 따랐던 때는 없었다. 마흔이 넘을 때까지 안정된 직장을 구하지 못했으며, 창업한 식당들도 60세가 되기 전까지는 그럴듯하게 성공한 적이 없었다.

그 정도면 포기할 법도 한데, 그는 또다시 프라이드 치킨 프랜차이즈라는 새로운 사업을 구상한다. 그간의 식당 창업 경험이 도움이 되었다. 수백 번의 거절을 겪은 뒤 웬디스의 창업주인 데이비드 토머스(David Thomas)와 로열티 계약을 맺게 되는데, 그렇게 시작된 KFC가 4년 뒤에 200곳으로 늘어났고 훗날 누구나 아는 세계적인 브랜드로 성장했다.

그가 할 만큼 했다고, 이제 삶을 정리하는 나이라며 포기했더라면, 우리는 흰 턱수염에 인자한 미소를 띤 KFC 할아버지를 만나지 못했을 것이다.

이전에 지인과 함께 구상했던 일이 있었다. 그동안 시간이 없다는 핑계로 미루고 미루다가 그 사이 수년이 흘러버렸다. 이미 좋은 시기를 다 놓친 것만 같아 약속이라도 한 듯서로 늦었다는 불평을 늘어놓았다. 그러다가 이런 식이면 앞으로도 우리에게 이 일을 하기에 좋은 시기란 찾아오지 않을지도 모른다는 생각이 불현듯 들었다. 그래서 충동적으로 결과가 어떻든 일단 시작해 보자고 말했다. 사람들이 죽기 전에 가장 후회하는 것은 해보고 실패한 일보다는 해보지 못한 것이라고 한다.

그때 그걸 했어야 했는데,   .

이 후회를 긍정으로 바꿀 수 있는 마법의 말은 '지금이라도 하자'이다.

그때 그걸 했어야 했는데, 지금이라도 하자.

그때 그걸 했어야 한다고 후회하는 일이 있다면, 다시 기회가 온다면 어떻게 하고 싶은지 스스로에게 묻는 것이다. 보자. 다시 고민해 봐도 어쩔 수 없는 일이라고 생각할 수도 있다. 그렇다면 잊어버리거나, 그도 아니라면 지금이라도 행동하자. 어차피 시간이 답을 알려줄 것이다.

그 누구도 아닌 나에게 물을 것

이대로 가도 괜찮을까?

한번 시작된 의문은 나날이 부피를 키웠다.

나는 하루 일과를 정할 때 시간대별로 세세하게 계획을 세우지 않는다. 집중해서 해야 할 일이 있을 때 시간 제약이 있으면 이상하게 정신이 산만해지기 때문이다. 대신, 꼭 해야 할 일들만 체크리스트로 따로 만들어 확인한다.

얼마 전 빽빽하게 일정이 기록되어 있던 스케줄러를 넘기다가 머리를 얻어맞은 듯 멍해졌다. 뭔가에 홀린 사람처럼 앞으로, 더 앞으로 페이지를 넘겼다. 하루를 꽉 채워 정말 열심히 살고 있다고 생각했는데, 비슷하게 일상이 반복되고 있었다.

이렇게 사는 게 맞는 걸까?

한번 샘솟기 시작한 의문은 차츰 커지더니 순식간에 감당하기 힘든 크기로 몸집을 키웠다. 어차피 이런 기분으로는 어떤 일도 제대로 할 수 없을 것 같았다.

하던 일을 잠시 내려놓고 고개를 돌리니 나와의 대화를 기다리고 있던 나 자신이 보였다. 그런 나와 대화를 해보기로 했다. 그러나 어떻게 첫 마디를 시작해야 할지 감도 오지 않았다. 결국, 21세기 가장 놀라운 발명품이라는 인터넷의 도움을 받기로 했다. 검색 메커니즘에 의해 한때 유행했던 백문백답이 눈에 들어왔다. 순간 옛날 생각도 나고 해서 피식 웃으며 질문지를 클릭했다.

'좋아하는 숫자는?' 7이다. 이건 고민할 거리도 없었다. '좋아하는 색깔은?' 이건 조금 어려웠다. 색상에 관심을 가진 뒤로 빛의 3원색인 RGB만 활용해도 1,600만 개의 색상을, 인쇄 작업에 사용되는 CMYK를 활용하면 1억 개가 넘는 색상을 만들어낼 수 있다는 것을 알게 되었기 때문이다(이럴 땐 모르는 게 약이라고 하는 걸까…).

'좋아하는 음식은?' 이 질문도 마찬가지다. 내가 좋아하는 치킨을 예로 들자면… 2021년 기준으로만 봐도 우리나라 치킨 브랜드 수는 700여 개가 넘는다. 또 얼마나 다양한 맛의 치킨들이 있는가. 같은 맛이라도 브랜드마다 맛이 다르다. 예를 들어, 프라이드 치킨이라도 겉껍질이 두껍고 바삭한 치킨을 선호하는지, 튀김옷이 거의 없는 얇고 담백한 맛

너 자신이 되어라.
다른 사람은 이미 있으니.

오스카 와일드(Oscar Wilde)

을 선호하는지에 따라 치킨에 대한 완전히 다른 취향을 가진 셈이다.

가장 많은 고민을 했던 항목은 '나의 꿈은 무엇인가?'였다. 장래희망을 그저 먼 미래의 일로 여기던 시절에는 망설임 없이 대답했다. 하지만 인생을 어느 정도 살아오거나, 꿈을 이루려고 노력하다가 뜻대로 되지 않아 멈춘 사람들은 이 질문을 마주하는 것이 힘들다.

꿈을 이루는 것이 정말 내 꿈인가? 나 또한 그 질문에 멈춰 있었다. 그런데 나는 왜 이렇게 괴로운가 하고 말이다. 질문지를 보고 있으니 얼른 답을 해야 할 것 같은 압박감이 느껴져서 화면에서 고개를 돌렸다.

나의 현재는 과거의 연장선이다. 그 세월만큼 나는 나를 가장 잘 안다고 자부했건만, 정작 나에 대해 아는 것이 생각보다 단편적이라는 것을 알게 됐다. 내가 무엇을 좋아하는지, 어떤 마음인지, 내가 생각하는 답이 마음이 원하는 답과 일치하는지, 주기적으로 확인할 필요가 있다. 사람의 마음은 불완전해서 쉽게 변하기 때문이다.

이를 계기로 몇 가지 질문을 노트에 적어 마음이 불안하거나 흔들릴 때마다 열어본다. 머릿속에 자연스럽게 질문에 대한 답이 떠오르면서 가야 할 방향이 정리되는 것을 느낀다.

이 질문들에는 정해진 답이 있는 것이 아니다. 나의 성장이나 경험에 따라 변화하는 답을 지속적으로 발견하려는 노력이 중요하다. 그 사람이 가진 내면의 깊이는 그 사람이 삶에 대해 고민하는 정도라는 말도 있는데, 이러한 과정을 통해 내가 나를 알아갈수록 분명 지금 하고 있는 고민에도 실마리를 얻을 수 있게 될 것이다.

그 결과가 어떻든 자신에 대한 확신을 가지고 사는 사람들은 자신의 선택에 집중할 수 있으며, 그에 따라 일상에서도 심리적으로 안정되어 편안한 느낌을 준다.

나의 진짜 마음을 알고 싶다면
내면의 나에게 끊임없이 질문해야 한다.
자꾸만 상식이나 응당 그래야 하는 것들 뒤에 숨으려는
'나 자신'을 불러 세워 말을 걸어야만 한다.

나는 어떤 사람인가?

나는 어디로(목표) 가고 싶은가?

앞으로도 오래도록 함께하고 싶은 사람은 누구인가?

앙금으로 남아 있는 사건이나 감정은 무엇인가?

인생의 우선순위가 어제와 같은가?

정말 내가 원해서 하는 일이 맞는가?

오늘이 마지막이라면 어떤 하루를 보내고 싶은가?

먼 훗날 죽음이 찾아온다면 가장 후회되는 것은 무엇일까?

기회를 잡을 실력을 쌓을 것

사람들이 인생에서 성과를 얻지 못하는 이유는
기회가 앞문으로 찾아왔을 때
뒷마당에서 네잎클로버를 찾기 때문이다.

'어차피 세상은 불공평합니다.'

그러니 다 내려놓고 그냥 편하게 살자는 취지의 글을 인터넷 게시판에서 보았다. 세상에 태어난다는 것은 뽑기와 같아서, 태어나면서부터 수많은 선택지가 레드카펫처럼 사방에 깔려있는 사람이 있는가 하면, 어떤 사람은 죽어라 노력해야 겨우 한 가지 길이 신기루처럼 보일 듯 말 듯 하다는 것이다. 그 한 가지 길 또한 당연히 그 노력에 비해서는 만족할 만큼의 선택지는 아니다. 전개하는 논리가 그럴듯했다. 댓글들은 '아니다'와 '맞다'로 나뉘어 치열하게 공방전을 벌이는 듯했으나, 어느 순간 압도적인 차이로 글쓴이의 주장을 지지하는 댓글들이 게시판을 점령했다.

그 말에 어느 정도는 동의하지만, 그 말이 온전한 진실이라고 보기에는 어렵다. 수많은 선택지를 가지고 태어난 사람도 그 삶이 늘 성공적이기만 한 것은 아니며, 온갖 불리한 조건을 가지고 태어난 사람이라고 해도 그 사람이 죽을 때까지 불행하리라는 보장은 없다.

사람은 누구나 자신만의 운때가 있다. 이건 정말 기묘한 인생의 법칙이다. 그 시기를 잡아 성공하려면 어떻게 해야 할까? 흔히 성공의 요소가 노력, 재능, 운이라고 하는데, 운이 내게 오기 전까지 내 재능을 노력으로 꽃피울 필요가 있다. 그게 운을 타고나지 못한 내가 할 수 있는 유일한 것이었다.

크라이슬러 자동차의 창업주인 월터 크라이슬러(Walter Percy Chrysler)는 "당신들이 인생에서 아무런 성과를 얻지 못하는 이유는 막상 기회가 앞문으로 왔을 때 뒷마당에서 네잎클로버를 찾기 때문"이라고 말했다. 마치 나를 두고 하는 말 같아서 뒤통수를 맞은 것처럼 얼떨떨했다. 오랜 시간 내 인생을 스쳐 지나갔던 수많은 기회들이 떠올라서였다.

기회란 단어는 내게 애증과 같았다. 기회인 줄 알고 덥석 물었더니 기회를 가장한 위험이었고, 뒤늦게 진짜 모습을 드러낸 '기회'는 이미 손에 닿지 않을 정도로 멀어진 다음이었다. 그렇게 뒷마당에 앉아 눈이 빠지게 네잎클로버만 찾다 보니, 간절함에 눈이 멀어 잘못된 선택을 하기도 했다.

왜 기회가 왔을 때
알아보지 못했을까?

너무 허탈했다. 그동안의 모든 노력들이 무의미하게 느껴졌다. 그렇게 자포자기한 채 멍하니 마당을 바라보고 있는데, 한편에 우연처럼 자리잡은 네잎클로버가 보였다. 들뜬 마음에 기회를 붙잡았지만 결과는 실패였다. 그 기회를 붙잡고 있을 힘이 부족했다. 그 순간, 불현듯 내게 부족했던 것은 운이 아니라 안목과 실력이었다는 불편한 진실에 눈을 떴다.

운도 내가 준비되지 않았을 때 발견하면, 길가의 무수한 세잎클로버와 다를 바가 없었던 것이다.

그러니 내가 해야 할 것은 안목과 실력을 기르는 것이었다. 하지만 노력이 부족했던 것은 아니었다. 그래서 이번에는 지금껏 해왔던 것과는 다른 방향의 노력해 보기로 했다. 그러자 시야가 조금씩 넓어졌고, 전에는 볼 수 없었던 다른 기회들도 보이기 시작했다.

실패를 비롯해 여러 경험이 쌓일수록 시야는 넓어진다. 현재의 상황이 위기처럼 느껴져도 또 다음 단계로 가는 기회일 수도 있다. 실제로 덴마크의 동화 작가 한스 안데르센 (Hans Christian Andersen)은 불우한 자신의 유년 시절을 원동력 삼아 수많은 명작들을 썼고, 오마하의 현인이라 불리는 미국의 가치 투자자 워런 버핏(Warren Buffett)은 경제 위기로 모두가 공포에 질려 멈췄을 때, 반대로 적극적으로 투자처를 찾았다. 그를 통해 본래의 가치에 비해 주가가 급락한 기업에 투자하여 막대한 수익을 올리는 안목을 보여줬다. 누구도 미래를 정확히 예측할 수 없기에, 나의 능력과 안목을 기르는 것만이 미래에 대비하는 유일한 방법이라는 것이다.

달리 말하면 내가 살아 있는 한 기회는 언젠가 다시 온다.

기회가 오지 않는다고 한탄하고 자책할 시간에 기회를 잡을 실력부터 키운다면 인생은 더 좋은 곳으로, 이전보다 더 나은 곳으로 나를 인도할 것이다.

외로움과 친해질 것

외로움은 날씨 같았다.

어떤 날은 비처럼 내렸다가, 어떤 날은 화창했다가,

모든 것을 얼려버릴 듯 매서워지고는 했다.

예전에는 '혼자'라는 단어가 어둡고 두렵게 느껴졌다.

그 단어에서 느껴지는 감정은 '외로움'이었다. 외로움이란 과연 무엇일까? 그 시기의 나는 정체 모를 그 감정을 그저 피하고 싶은 마음에 사람들 사이로 숨거나, 외로울 틈도 없이 열중할 것을 찾아내고는 했다.

하지만 시간이 흐를수록 외로움을 가둬두는 것에 한계가 있음을 깨달았다. 가둬두었더니 그 감정은 점점 쌓이고 짙어져 결국에는 흘러넘쳐 바깥으로 새어 나왔다. 그 시기에는 웃음으로 감추려 애써도, 금세 내면의 어둠을 상대방에게 들켜버리곤 했다.

발가벗겨진 채 사람들 앞에 선 기분이었다. 누군가를 만나도 자꾸만 조급한 마음이 들어 생각나는 대로 말하고, 도망치듯 그 자리를 떠나고는 했다. 그로 인해 깊은 인간관계를 맺는 것이 힘들어지자 사태의 심각성을 인식했다.

나는 왜 외로움이란 감정을 피하고 싶은가?
외로움이란 어떤 감정인가?

나는 단절된 공간에 혼자 남겨지거나 집단에서 배제되는 것에 극도의 불안을 느꼈다. 일과를 마치고 잠들기 전 찾아오는 적막이 두려워졌다. 그래서 외로울 틈도 없이 바쁜 하루를 보내고 나면 생각할 틈도 없이 잠을 청했다. 하지만 언젠가부터 피하려고 하면 피할수록 만성 염증처럼 퍼진 외로움이 마음을 좀먹더니 몸까지 아프게 만들었다.

그래서 외로움의 이면을 자세히 들여다보기로 했다. 외로움이 대체 뭐길래? 외로움에도 여러 종류가 있다. 같은 어둠처럼 보이지만 각자 농도와 깊이가 달랐다.

집단에서 소외됐을 때의 외로움, 관계의 단절로 인한 외로움, 내가 나를 소외시킴으로써 느껴지는 외로움, 이유를 알 수 없는 그 자체로서의 외로움 등 유형을 나누자면 끝도 없었지만 드러나는 모습은 비슷했다.

외로움은 날씨 같았다. 어떤 날은 추웠다가, 어떤 날은 더웠다가, 비처럼 내렸다가, 눈처럼 모든 것을 꽁꽁 얼려버릴 듯 매섭게 찾아왔다가… 갑자기 화창해진 얼굴로 다가오고는 했다. 그러다 우연히 이런 문장을 만났다. 외로움의 종류를 알면 그에 맞는 옷을 입어 대비할 수 있다. 외로움이 무엇에서 기인했는지 알면 외로움을 다루는 방법을 찾을 수 있다는 것이다. 그건 외로움과 친해지는 것이다.

외로움을 알아가는 가장 좋은 방법은 혼자 일상을 보내는 것이다. 쇼핑이든, 영화든, 여행이든, 드라이브든, 맛집 또는 산책을 가더라도, 그동안 사람들 틈에서 볼 수 없었던 내 모습과 일상을 면밀히 관찰하다 보면 온전히 나의 현재에 집중하는 기분이 든다.

또 다른 방법은 명상이다. 명상은 '고독'해질 수 있는 좋은 방법이다. 이를 통해 내면의 자아와 대화하고, 내가 가지고 있는 '외로움'을 깊이 이해할 수 있다.

다만 어떤 관계든 적정거리가 있듯 외로움도 마찬가지다. 외로움이라는 감정이 지나치면 마음을 병들게 한다. 너무 깊이 빠지면 블랙홀에 빠진 것처럼 헤어 나오지 못하게 될 수도 있다. 적당한 거리에서 바라보면서 영감을 얻으며 삶의 에너지로 삼는 것이 좋다. 내가 가장 나다울 수 있는 거리를 찾아 외로움을 친구로 삼아야 한다.

인간은 혼자서 살 수 없는 존재라지만, 역설적으로 인간은 늘 혼자다. 시간이 흐를수록 이 말의 의미를 알 것만 같다. 내 안에서 수시로 피어오르는 슬픔과 분노, 그리고 우울감까지도 결국은 내 안에서 일어나는 작용이며, 제아무리 고독을 피하려 타인과 맞붙어 보아도 결국 잠이 드는 순간 무의식의 세계에서는 혼자가 된다. 삶이란 메울 수 없는 공허함을 각자의 방식대로 채우는 여정이라던가?

그러니 외로움과 친해진다는 것은 곧 자기 자신과 친해지는 일이다.

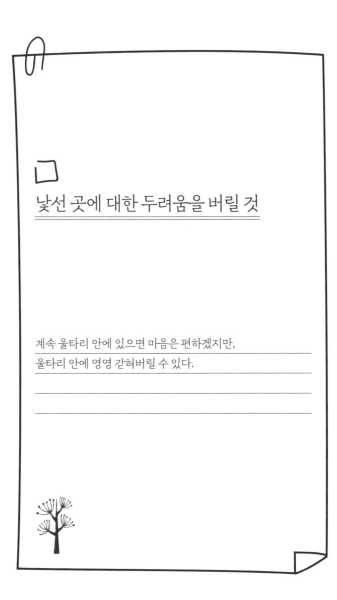

낯선 곳에 대한 두려움을 버릴 것

계속 울타리 안에 있으면 마음은 편하겠지만,
울타리 안에 영영 갇혀버릴 수 있다.

학창 시절의 나는 울타리 안의 삶을 살았다. 학교생활이나 개인사나 갑갑하기는 마찬가지였다. 울타리 안에서 벗어나고 싶은 마음은 굴뚝같았지만, 그럴 수 있는 힘도 용기도 없었다. 어떻게든 주어진 환경 안에서 순응하며 사는 것이 최선이라 여겼다. 그렇지만 언제부터인가 멀리 떠나고 싶다는 말이 입 밖으로 새어 나오기 시작했다. 낯선 곳에 대한 두려움보다 현재를 벗어나고픈 열망이 더 강해졌던 것이다. 문화도, 언어도, 모든 것이 낯선 곳에서 아이가 걸음마를 배우듯 하나씩 배워가며, 처음부터 인생을 살아보고 싶었다.

그런 생각이 한번 싹트자, 실제 행동으로 옮기는 것까지는 얼마 걸리지 않았다. 고민 끝에 일본 유학을 결정했다. 갑작스러운 결정에 응원보다는 우려 섞인 마음을 표현하는 사람들이 많았다. 부정적인 말에 잠시 마음이 약해졌지만, 지금 포기한다고 해서 내 삶이 앞으로 더 나아질 것 같지는 않았다. 그럴 바에는 일단 지금 머릿속에만 그리고 있는 것을 그대로 실현해 보자고 생각했다.

시간이 흘러 출국날이 눈앞에 다가왔다. 막상 떠나려니 내심 걱정됐다. 음식은 입에 맞을지, 잘 적응할 수 있을지, 무사히 대학 졸업은 할 수 있을지… 단순히 여행을 하는 것이 아니라 새로운 삶이라는 분명한 목적이 있었기에 더 그랬다. 갑작스러운 결정으로 준비가 부족하기도 했다. 아니나 다를까. 첫 몇 달간은 당장이라도 학교를 그만두고 한국으로 돌아가고 싶을 정도로 후회했다.

나는 내가 인생 최악의 실수를 저질렀다고 확신했다.

그러던 어느 날, 한국에 돌아갈 생각으로 그전에 여행이나 실컷 하자 싶어서 매주 한 곳씩 근교 지역을 찾아다닐 때였다. 아무런 목적도 없었기에 미리 여행하는 곳에 대한 사전 정보도 찾지 않았고, 역에 내려서 도착하면 마음에 드는 장소가 나올 때까지 걷거나 버스를 탔다. 알려진 명소를 찾아가는 것보다, 어떤 장소가 등장할지 모르기에 마음이 설렜다. 가장 기억에 남는 곳은 낯선 동네에서 버스를 종점까지 타고 가서 발견했던 '시카노'라는 섬이었다.

관광객들에게 잘 알려진 곳은 아니지만, 버스 정류장에서 내리면 맑은 햇살과 사방으로 트인 푸른 바다를 만날 수 있는 곳이다. 나는 버스에서 내린 다음 원래 그곳에 오래 살았던 사람처럼 감흥 없는 표정으로 식당에서 밥을 먹고, 편의점에서 맥주를 사서 해변 근처의 제방에 앉았다(이미 내 안에서는 어떤 변화가 일어나고 있었다). 때마침 저물녁이라 해가 지는 모습도 볼 수 있었는데, 내가 봤던 선셋(sunset) 중 가장 감동적이었다.

문득 모국을 떠나 타국에 있다는 사실이 그렇게 큰 일이 아니라는 생각이 들었다. 사람이 사는 곳이 다 똑같지. 이렇게 어디서든 해가 뜨고 지는 것을 보면 말이다. 그렇다면 낯선 곳이라고 해서 내가 하지 못할 것은 무엇이겠는가. 어느새 내 안을 가득 채우고 있던 의문이나 불안은 많이 해소된 상태였다.

완전히 어둑해질 즈음 돌아갈 채비를 했다. 사진을 남기기 위해 가방에서 카메라를 꺼냈다. 나는 여행지에서 풍경 사진 찍는 것을 좋아했는데, 이건 여행에서 느낀 것들을 기록

하는 나만의 방법이다. 셔터를 누르는 순간 그때 느낀 감정들도 사진 속에 함께 남겨진다. 세월이 흘러 다시 사진들을 꺼내봤을 때는 그때까지의 삶을 돌아보는 듯한 기분도 든다. 당시에 느꼈던 감정, 그 시기에 함께 했던 사람, 어렴풋했던 기억이 잠깐이나마 선명하게 떠올랐다가 다시 희미해진다. 그러고 나면 이렇게 생각하는 것이다.

어쩌면 지금 살아가고 있는 이 삶도 긴 여행일지 모르겠다고.

그 뒤로 그 섬에서 봤던 푸른 바다와 같은 장면을 다시 만나고 싶은 마음에 세계 곳곳을 다니기 시작했다. 실제로도 20대에는 세계 각지로 정말 많은 여행을 다녔다. 하지만 30대 이후로는 삶이 바쁘다는 이유로 그때처럼 정처 없이 흘러가는 여행은 하기 힘들어졌다. 최근 그때의 기억이 떠올라 사진을 찾아봤지만, 이사를 많이 한 탓인지 아쉽게도 찾을 수가 없었다. 그렇지만 오랜 세월이 흐른 지금에도 그곳에서 느꼈던 그 감정만은 쉽게 잊혀지지 않는다.

누구나 낯선 곳에 대한 두려움이 있다. 편안하고 익숙한 환경에 오래 있을수록 벗어나기가 쉽지 않다. 계속 울타리 안에 있으면 마음은 편하겠지만, 그 울타리 안에 영영 갇혀버릴 수도 있다. 하지만 용기를 내 낯선 곳으로 가는 사람은 그만큼 자신의 세계가 넓어지는 경험을 한다.

최근에는 여행 유튜브를 보는 취미가 생겼는데, 영상을 볼 때마다 평생 다 가볼 수 없을 정도로 세상이 넓다는 말이 실감 난다. 그런데 가만 생각해 보면 비행기를 타고 이렇게 세계 여행을 즐길 수 있게 된 것도 수십 년도 채 되지 않았다. 불과 십수 년 만에 많은 것들이 바뀌었다.

얼마 전 일론 머스크의 스페이스X에서 로켓을 발사하는 유튜브 영상을 봤다. 인류가 지구에서 벗어나 더 넓은 우주로 나아가고자 하는 그 장면은 눈을 뗄 수 없을 만큼 감동적이었다. 이처럼 우리는 낯선 곳에 대해 두려워하는 동시에 동경하며 앞으로 나아가는 존재가 아닐까?

낯선 곳에 대한 두려움을 버리면

내 세계가 넓어지는 경험을 할 수 있다.

부정적 감정을 다스리는
나만의 방법을 만들 것

분노라는 화살의 최종 종착지는
나 자신이다.

부정적인 감정들이 수시로 엄습해 온다.

두려움, 긴장, 우울, 분노, 불쾌, 질투, 실의, 수치, 불안.

이러한 마음을 표현할 수 있는 단어는 정말로 많다. 태어날 때부터 인간이 가진 본연의 감정이라 느껴지는 것은 지극히 당연하지만, 인지하지 못한 채로 무의식에 쌓아만 둔다면 감정의 지배를 당하게 된다. 그러니 내 안에서 피어나는 나쁜 감정은 수시로 다스려야 한다.

지속적으로 느껴지던 우울감이 극에 달해 나를 삼키려 한 적이 있었다. 그때는 정말 하루 종일 부정적인 생각들이 그림자처럼 따라다니면서 나를 괴롭혔다. 자연스럽게 잦은 불면에 시달렸으며, 아침에 눈을 뜨는 일조차 고통스럽게 느껴졌다. 애써 모르는 척하며 긍정적으로 생각하려 노력해봐도 늘 다시 원점으로 되돌아왔다.

이를 극복하기 위해서 원인부터 찾았다. 무엇보다 나를 둘러싼 환경의 영향이 컸다. 생각의 주파수를 바꾸려 노력해도 늘 허사였던 이유는 주변에 우울감을 느끼게 만드는 매개체가 너무 많았기 때문이었다. 고민 끝에 나를 둘러싼 환경을 벗어나기로 했다. 놀랍게도 우울한 감정을 만드는 환경을 차단하니 자연스럽게 우울한 마음이 줄었다.

많은 사람들이 우울한 경우 내면의 문제라 생각하여 마음을 긍정적으로 바꾸려고 하는 경우가 많은데, 만약 그것이 외부적인 요인일 경우 그 답은 바깥에 있을지도 모른다.

그때부터 나는 내 안의 부정적인 감정을 외면하기보다 정면으로 마주하려는 노력을 하기 시작했다. 예를 들어, 타인과의 비교에서 오는 열등감은 노력의 원동력으로 바꾸었고, 떨쳐내기 힘든 불안과 긴장은 단점이 아니라 내가 매사 신중할 수 있게 도와주는 장점이라고 생각하기로 했다.

가장 힘들었던 것은 '분노'였다. 분노라는 감정은 순간적이면서 폭발적이었다. 그리고 그 화살이 특정 대상에게 향하기 쉬웠다. 쌓였던 분노를 엉뚱한 곳에서 터뜨리기도 하며, 상대의 분노까지 이끌어내 서로에게 돌이킬 수 없는 상처를 입히기도 했다. 대체로 전자의 경우 분노의 원인이 겉으로 드러난 것보다 더 복잡하고 깊숙한 곳에 있었다. 분노를 주체하지 못하는 사람들은 돌이킬 수 없는 일을 벌이기도 하는데, 이런 순간적인 분노에 나를 맡기면, 남는 것은 후회뿐이다.

분노라는 화살의 최종 종착지는 나 자신이기 때문이다.

순간적인 분노를 조절하는 데 가장 도움이 되었던 방법은 마음속으로 숫자를 세는 것이다. 분노가 솟을 때 1부터 10까지 숫자를 센다. 즉각적인 반응을 지연함으로써 분노를 멈추고 잠시 마음을 다스릴 시간을 확보한다.

'1, 2, 3, 4, 5, 6, 7, 8, 9, 10.
분노가 사그라들 때까지 숫자 세기를 반복한다.'

그리고 나에게 묻는다. 내가 이 사람에게 느끼는 분노는 정당한가? 만약 그렇다면 가장 효과적으로 내 의사를 전달하는 방법은 무엇일까? 그게 분풀이를 하듯 화를 내는 것은

1, 2, 3, 4, 5, 6, 7, 8, 9, 10.

아닐 것이다. 그렇게 마음을 가라앉히고, 생각을 정리한 다음 대화를 이어나가야 한다. 그렇지 않고서야 내 분노가 온당한 것이라고 한들, 정당하게 받아들여지지 않을 것이다.

다스려야 할 것들은 부정적인 감정만이 아니다. 해와 달이 바다의 조류를 만들어내듯, 부정적인 감정과 긍정적인 감정이 조화를 이룰 때 삶은 건강하게 순환한다. 지나친 낙관은 이성적인 판단을 흐리게 하며, 지나친 비관은 절망에 갇혀 자신을 잃게 만든다.

한편, 내가 생각하기에 감정 조절을 잘 하는 사람의 모범 사례라고 느꼈던 A라는 지인이 있다. 그날따라 A는 기분 상하는 일을 겪었다며 나에게 하소연했다. 한창 열변을 토하며 얘기를 이어가다가 중간에 전화가 왔다. 분명 잔뜩 흥분한 상태였는데 이내 감정을 추스르더니 평소처럼 차분하게 전화를 받았다. 그 모습이 너무 자연스러워 조금 놀랐다. 옷을 갈아입듯 순식간에 기분을 바꾸는 것이 신기하다고 하자, A는 내가 기분이 안 좋다고 해서 다른 사람의 기분까지 망칠 필요는 없다고 답했다. 내 안의 감정을 해소하

는 것도 중요하지만, 그게 다른 사람의 감정을 해쳐서는 안
된다는 것이다.

통제되지 않는 부정적인 감정은 내 표정이나 태도에서도 조
금씩 묻어 나오기 마련이다. 이를 자각하지 못한 채 표출한
다면 타인과의 관계에도 악영향을 미친다. 예컨대, 화를 내
야 할 대상이 따로 있음에도 불구하고, 아무 잘못도 없는 주
변 사람에게 화풀이를 하는 경우가 그렇다. 나중에 화가 가
라앉고 사과한들 이미 금이 간 그릇을 아무런 흔적도 없이
붙이는 것은 불가능하다.

무엇보다 분노는, 결국 내 안에서 표출된 만큼
부메랑이 되어 나에게 다시 돌아온다.

흘러가는 인연은 그냥 흘려보낼 것

너무 많은 관계를 붙잡고 있는 것도
힘에 부치는 시기가 온다.

사람이 재산이라는 말이 있다. 살아감에 있어서 인맥이 중요하다는 의미다. 실제로 아는 사람이 많으면 도움을 받을 수 있는 범위도 넓어진다. 온전히 나 혼자만의 힘으로 할 수 있는 일들은 많지 않기에, 일부는 동의하는 바다.

하지만 그런 관계를 유지하는 데 많은 시간과 노력이 든다는 것이 문제다. 연락이 끊기지 않으려면 주기적으로 안부를 묻고, 서로 일정을 맞춰 만남을 가져야 한다.

몇백 명이 넘는 지인들의 생일을 일일이 다 챙길 정도로 사람을 좋아하는 친구가 있었다. 당연하게도 평소에도 모임이 끊이지 않았다. 그걸 본인도 즐기는 줄로만 알았는데 최근에 많은 사람과의 인간관계를 유지하는 것이 심적으로나, 체력적으로도 힘에 부친다고 하소연하며 이런 이야기를 했다.

그는 지인 셋과 회비를 걷어 일 년에 한두 번 여행을 가는 모임을 주도하고 있었다. 그런데 매번 한 사람이 그의 의견에 반대해서 힘들었다고 했다. 미리 말하지 않고 있다가, 그가 계획을 다 세워오면 그제야 자신이 원하는 것을 말하며 계획을 완전히 바꿔버리거나 불만을 털어놓았다고 했다. 그건 여행지에서도 마찬가지였다. 숙소에서도, 식당에서도, 반드시 한 가지 이상의 문제점을 찾아 지적했다. 관계를 유지하려 싫은 내색을 하지 않고 맞춰보려 했지만, 그렇게 십 년 넘게 관계가 이어지자 깊은 회의감이 밀려오기 시작했다고. 결국 견디다 못한 그는 모임에서 빠지기로 결정했다. 맞지도 않는 사람 때문에 계속 스트레스 받을 바에야 차라리 혼자 여행가는 것이 편하겠다고 말이다.

나는 고개를 끄덕였다. 돌이켜보면 친목 도모 외에 의미나 목적이 불분명한 모임이 많았다. 만남 뒤에 헤어짐은 늘 아쉬웠지만, 지나고 나니 그저 그렇게 스쳐 지나갈 인연에 불과했다. 그런데 그때는 왜 그렇게 관계에 얽매였던 걸까. 차라리 그 시간에 좀 더 소중한 사람들을 한번이라도 더 만날걸. 나를 위해 시간을 좀 더 가치 있게 쓸걸. 뒤늦은 후회가 밀려왔다.

모든 사람이 나를 좋아할 수 없다는 것은 자명하다. 모든 사람과 사이좋은 사람이 되는 것도 불가능하다. 모든 인연을 붙잡을 수도 없다. 이 사실을 받아들이는 데 많은 시간이 걸렸지만, 인정하고 나서야 비로소 모든 만남에 있어 마음이 한결 편해졌다.

우리의 인생을 집 짓기에 비유하자면 주변 사람들과의 관계는 정원을 가꾸는 일에 해당된다. 우리는 태어나는 순간부터 '나'라는 집을 짓는다. 영아기, 유아기, 청소년기, 장년기를 지나며 이 집은 점차 확고하고 정밀해진다. 영아기에 언어와 기본적인 사회 훈련을 거치면, 자아를 형성하는 유아기에는 조금씩 집의 형태가 보인다. 가족이라는 작은 공동체에서 벗어나 학교로, 사회로 나가 큰 공동체 속의 '나'를 인식한 뒤부터는 외적인 면을 의식하기 시작한다. 지붕을 알록달록하게 꾸민다거나, 마당에 울타리를 설치하고 관계의 정원을 만든다. 그곳에 심은 식물들은 곧 나와 연을 맺고 교류하는 사람들이다.

외적인 관계를 중요시하는 사람들은 정원에 예쁘고 화려한 꽃씨를 가득 뿌린다. 짧은 기간 반짝 피지만, 보기에 좋고 집이 화사해 보여서 좋다. 나도 한때 사랑받는 사람처럼 보이고 싶은 욕심에 최대한 많은 이들과 알고 지내려 애썼다. 그러다 보니 혼자 있는 시간보다는 타인과의 관계 속에서 '나'를 찾고 '의미'를 물으려 했다.

하지만 언제부턴가 인간관계가 벅차다는 생각이 들었다. 관리하기가 힘들어지니 보이지 않는 곳에서부터 꽃들이 차례로 시들어가기 시작했다. 그럴수록 나는 강박적으로 정성을 쏟았다.

그러던 어느 날, 예고 없이 태풍이 찾아왔다. 강풍이 휩쓸고 지나간 정원은 이전의 아름다운 모습은 찾아보기도 힘들 정도로 황폐해졌다. 그동안 외적인 면에만 치중하느라 텅 비어버린 집안이 너무 휑하게만 느껴졌다. 정원이 꽃으로 가득 찰 동안 집안은 비어가고 있다는 사실을 그동안은 알지 못했다. 그때 삭막하게 변한 정원에 서 있는 나무 몇 그루가 눈에 들어왔다.

그래, 너희가 거기에 있었구나.

그제야 겉으로 보기에 예쁜 꽃보다는 튼튼한 나무를 심어야겠다는 생각이 들었다. 나무는 세월을 거듭할수록 뿌리와 밑동이 굵어져서 튼튼해졌다. 사람으로 비유하자면 서로 깊이 공감하여 내 삶을 단단하게 지탱하는 관계다. 하지만 그렇다고 해서 그 나무가 계속 그 자리에 있는 것은 아니다. 안 본 사이에 뿌리가 썩어 시들거나, 세찬 비바람을 견디지 못해 쓰러지기도 한다. 이는 아무리 좋았던 관계라도 각자의 사정으로 연락이 닿지 않거나, 어떠한 사건을 계기로 멀어지는 것과 같다.

이처럼 나이를 먹을수록 정원을 가꾸는 데 들일 시간적 여유와 심적 체력이 줄어든다. 이는 관계를 지키는 힘을 의미한다. 너무 많은 관계를 붙잡고 있는 것도 나중에는 약점이 될 수 있다는 얘기다. 흘러갈 관계, 이미 흘러간 관계에 집중하기보다는 지금 내가 가지고 있는 소중한 인연들에 더 많은 관심과 영양분을 주는 것은 어떨까. 인간관계는 노력해도 어찌할 수 없는 부분이 있다. 마음 맞는 사람 몇이면 되니, 관계에 너무 연연하지 말아야 한다.

내 정원에 심겨진 것은 무엇일까?

목표는 구체적으로 정할 것

인생이라는 그림을 그릴 때
가장 중요한 것은 밑그림이다.

"망설이지 말고 일단 시작하라."

듣기에는 참 좋은 말이기는 하나 그 말에는 빈틈이 있다. 시작하기 전에 이루고픈 것들을 대략적으로 머릿속으로 그릴 수 있어야 한다는 점이다. 원하는 것을 그리는 능력은 바로 목적지로 가는 방향을 확인하는 것과 같다. 구체적인 길까지는 아니어도 방향을 설정해야 하는 이유는, 인생이라는 커다란 바다에서 운이 나빠 조류라도 잘못 타면 되돌아가지도, 그렇다고 나아가지도 못하는 상황에 빠질 수 있어서다. 목표 지점에서 멀어졌는데, 다시 돌아올 동력조차 부족하다면 그야말로 최악이다. 이 길이 아닌 줄 알면서도, 가고 싶지 않은 방향으로 계속 가야만 한다.

예전에 뭐라도 해야 할 것 같아서 가벼운 마음으로 시작했던 일이 있었다. 하다 보니 일이 예상보다 잘 돼서 오 년이나 계속했지만, 시간이 흐를수록 나와는 잘 맞지 않는 일이라는 생각이 들어 마음까지 힘들어졌었다. 이런 이야기를 하면 세상에 좋아하는 일만 하고 사는 사람이 어디 있느냐고 반박할지도 모르겠다. 하지만 그중에서도 스스로가 받아들일 수 있는 '정도'와 '강도'가 있는 법이다.

나의 경우에는 이대로 이 일을 계속하다가는 내가 진짜 원하는 일은 할 수 없게 될 것 같다는 두려움이 컸다. 그래서 그만두기로 결정했다. 배가 정해진 항로 없이 출항했다가 아무 곳에도 도착하지 못한 채 원래의 항구로 돌아온 것이다. 그때 나는 목적지를 정하고 그곳으로 가기 위한 항로를 구체적으로 설정하는 것이 중요하다는 것을 깨달았다.

그림을 그릴 때도 밑그림이 가장 중요하다. 하얀 도화지에 일단 색을 입히고 나면, 아무리 덧칠해도 백지 상태로 돌릴 수 없기 때문이다. 그러므로 이루고자 하는 것이 내게 정말 중요한 일이라면 더 자세하게 밑그림을 그려야 한다. 그건 내가 잠시 길을 잃었을 때도 그림을 완성할 수 있도록 도와주는 지도가 되어준다.

예를 들어, 책을 내는 것이 목표라면 어떤 글을 쓸지, 그걸 어떤 방식으로 이룰지 정도는 정해두는 것이 좋다. 그 과정에서 그리고 지우고를 수없이 반복한다. 간혹 운과 재능을

겸비한 이가 나보다 더 빠르게 멋진 그림을 완성하는 것을 보면 뒤처질지도 모른다는 불안감에 섣불리 붓을 들고 싶은 기분이 들지도 모른다.

그러나 기억해야 한다.
우리는 모두 저마다의 속도가 있으며,
그리고 있는 그림이 다르다는 사실을 말이다.

물론, 밑그림을 완성한 뒤에도 어디서부터, 어떻게 시작해야 할지 몰라 망설일 수도 있다. 내가 이 그림을 정말 완성할 수 있을까? 그때부터는 별의별 생각이 다 든다. 진전이 없는 사이 나태해져 흐지부지되기도 한다. 그래서 매년, 매월, 매일의 계획이 필요하다.

나는 늘 체크리스트가 적힌 노트를 가지고 다니면서 확인하는데, 연말이 되면 맨 앞장에 일 년의 목표를 적고, 월말이 되면 다음달의 할당량이 적힌 목표를, 매일 하루를 시작하기 전에는 오늘 하루에 해야 할 목록을 적고, 매일 목록을 지워나간다. 누군가에게는 아주 작은 성취겠지만, 그러한 작은 성취가 모여 인생이라는 커다란 그림이 된다.

100퍼센트 만족하는 인생을 사는 사람은 드물다. 예술가가 자신의 작품을 보고 완벽하다고 평가하지 않듯, 대개는 얼마나 완성에 근접할 수 있는가가 이 문제의 요지다. 하지만 예술작품은 완벽하지 않기에 아름다움과 가치가 있다. 눈썹이 없는 레오나르도 다빈치(Leonardo da Vinci)의 〈모나리자〉가 후대에도 명화로 사랑받지 않았던가?

우리의 인생도 마찬가지가 아닐까 싶다.

인생이라는 그림을 그리기 위해서는
밑그림을 먼저 그리고 시작해야 한다.

온전한 나로 살아 있음에 감사할 것

내가 나의 주체로서 살아간다는 것,
그것보다 중요한 것이 있을까?

익숙해지면 소중한 것을 망각하기 쉽다. 코로나를 지나오면서 많은 사람들이 여행, 외식, 정기적인 모임, 공연과 같은 일상이 당연하지 않았음을 깨달았다. 평화도 마찬가지다. 지구 곳곳에서는 여전히 전쟁이 일어나고 있다. 어떤 존재, 주어진 시간, 안온한 일상… 그 대부분은 잃고 나서야 소중함을 알게 되는 것들이다.

그중 많은 사람들이 가장 후회한 것은 무엇이었을까?

바로 건강이다. 대학병원 입원실에 보호자로 상주하게 된 적이 있었다. 그날은 '코드 블루'가 유난히 많이 들려오는 날이었다. 코드 블루란 심정지가 와서 심폐소생술이 필요한 환자가 있음을 알리는 긴박한 알림음이다. 저 멀리 복도에서 사람들이 다급하게 뛰어오는 소리가 들렸다. 일단 코드 블루가 발생하면 생존율이 30~40퍼센트도 안 된다고 하니, 평범하게 흘러가는 일상처럼 보여도 누군가에게는 생과 사의 갈림길에 선 순간인 것이다.

"나도 내가 이렇게 빨리 노인이 될 줄은 몰랐다."

"아픈 뒤에야 건강이 제일 중요하다는 걸 알았지."

시간이 너무 빠르다는 말을 주고받다가 아버지가 내게 건
넨 말이었다. 나이를 먹고 노인이 되는 것은 누구도 피할 수
없다. 누구도 원하지 않지만, 누구도 거스를 수 없기에 그저
받아들일 뿐. 실제로 요양병원을 방문하면 거동이 불편하거
나, 알츠하이머병에 걸려 혼자 일상을 유지하기 힘든 노인
들이 대부분이다. 기억을 잃은 채 해맑게 웃거나 떼를 쓰고,
작은 관심에도 기뻐하는 얼굴을 보고 있으면 많은 생각이
든다. 어쩌면 시간이 흘러 몸은 노인이 되어도, 우리의 의식
은 자꾸만 가장 좋았던 시절로 돌아가려 하는 것인지도 모
르겠다고.

그런 점에서 신체적으로도, 정신적으로도 건강한 기간을
의미하는 '건강 수명'이 정말 중요한 시대가 되었다. 오래
잘 살려면, 그만큼 삶의 질도 높아야 한다. 통계청의 자료
에 의하면 2020년 기준 우리나라의 기대수명은 83.5세, 건
강 수명은 66.3세였다. 그 통계대로라면 질병이나 부상으로

타인의 도움을 받으며 살아야 하는 기간이 무려 17년이었다. 나 또한 언젠가는 다른 사람의 도움 없이는 살 수 없는, 그런 시간이 찾아올 거라고 생각하니 쓸쓸하다는 생각이 들었다.

그렇다면 우리가 사회의 일원으로서 역할하는 기간은 어느 정도일까? 가정과 학교라는 울타리 안에서 고등교육을 마치는 데까지 20년, 건강 수명에서 그 기간을 제외하면 대략 46년이라는 계산이 나왔다. 100세 시대라는데, 정작 일을 할 수 있는 시간은 생각보다 길지 않아서 막막했다.

이제 와서 지난 20대와 30대를 돌아보니 너무 많은 토끼를 잡으려다 모두 놓친 기분이었다. 일, 가족, 친구, 여행, 취미… 정말 분주하게, 열심히 살았는데 정작 손에 쥔 것이 없었다. 잘해보려는 욕심뿐이었는데, 그 삶 속에서 정작 중요한 것들은 놓치며 산 것 같은 기분은 왤까?

하지만 이런 후회의 감정을 느끼는 것 또한 '나'이다.

후회하는 것도 과거의 경험이 쌓인 현재의 나인 것이다. 이처럼 내가 '나'를 인지한다는 것, 내가 나의 주체로서 온전하게 생각하며 살 수 있다는 것이 중요하다. 돈을 잃으면 부분을 잃는 것이나, 명예를 잃으면 절반을 잃는 것이며, 건강을 잃으면 전부를 잃는 것이라는 말이 있다.

그래서 이제는 지나간 것들에 대해 아쉬워하기보다는, 내가 나로서 말하고 행동할 수 있다는 사실에 감사한다. 그 마음을 잃지 않아야 앞으로 나아갈 수 있다.

사람들이 잃은 다음에
가장 뼈저리게 후회하는 것은 무엇일까?

내가 아닌 다른 사람의
인생을 살지 말 것

내 인생의 주어는
그 누구도 아닌 '나'여야 한다.

거울에 비친 자기 자신의 모습을 인식하는 것처럼, 타인이 바라보는 내 모습을 통해 자아를 형성하는 것을 심리학에서는 '거울 자아(Looking glass self) 이론'이라고 한다. 실제로 나는 성인이 되기 전까지는 가정과 학교에서의 내 모습이 자아라고 인식했다.

친구들이 나를 '재밌는 사람'이라 평가하면 기대에 부응하기 위해 노력했고, 집안 사정을 아는 어른들이 '너라도 정신 차리고 잘 살아야 한다'라고 다그치면 성실하고 바른 모습을 보이기 위해 노력했다. 한정된 관계 안에서 상호작용으로 나를 찾으려 하다 보니, 주변 사람들의 말에 쉽게 흔들릴 수밖에 없었던 것이다.

재밌고 유쾌한 친구, 힘든 환경에서도 긍정적이고 바르게 자란 아이, 어떤 상황도 극복해 내는 강한 멘탈을 가진 사람……

하지만 그건 어디까지나 내 겉껍질이었다. 외출에서 돌아와 실내복으로 갈아입고 속 알맹이만 남은 채로 혼자 침대에 누우면, 나는 내가 대체 누구인지 알 수 없다는 생각을 하곤 했다. 온 힘을 다해 다른 사람의 삶을 산 것처럼 허무하고 공허해졌다.

묵혀둔 속마음을 어디론가 털어내고 싶은 마음에 가까운 사람들에게 어둡고 진지한 이야기를 조금씩 하기 시작했다. 처음에는 생각지 못한 모습에 놀라는 눈치였지만, 자연스레 익숙해졌다. 그렇게 있는 그대로인 '나'로 보낼 수 있는 시간은 이상하게도 마음이 편안했다. 그러던 어느 날, 당시 가장 가까웠던 사람이 내게 말했다.

"네가 너무 우울해서 나까지 우울해지는 거 같아."

그 말에 머리를 얻어맞은 것처럼 멍했다. 내가 지금 슬픈 것인지, 아니면 화가 나는 것인지조차 알기 힘들었다. 혼란스러운 나머지 미안하다는 말을 건네며 그 뒤에는 제대로 된 대답을 하지 못했다. 그때까지 나는 깊은 속마음을 드러내어, 서로 의지하다 보면 그만큼 관계도 깊어진다고 믿었다. 그렇지만 전염성이 강한 우울감을 계속해서 꺼내 보이다 보니 상대방도 같이 힘들어졌던 것이다.

나의 감정이 누군가의 마음을 힘들게 할 수도 있다는 사실을 그때 깨달았다. 이전보다 마음의 문을 더 굳게 닫고서, 강박적으로 밝은 모습만 보여주기 시작한 것은 그때부터였다. 타인을 믿지 못하는 마음이 반, 타인에게 피해를 주고 싶지 않다는 마음이 반으로, 그 사람과 그렇게 멀어지고 난 뒤부터는 더욱 밝은 사람이 되려 애썼다. 그 일이 내가 강박적으로 밝은 사람이라는 가면을 쓰게 된 결정적인 트리거(Trigger)였던 것이다.

"걱정이 없어 보여서 부러워."
"너처럼 살면 세상 살기는 편하겠다."

사람들의 말이 나를 비수처럼 찔렀다. 어른이 된 나는 그늘 한 점이라고는 없는 사람처럼 밝은 얼굴로 사람들과 어울려 지냈다. 그때의 내 모습은 마치 마트료시카 같았다. 마트료시카는 인형 안에서 계속해서 인형이 나오는 러시아의 전통 목제 인형이다. 그렇게 마트료시카처럼 새로운 사람을 사귈

때마다 내 안에서 새로운 인형이 하나씩 더 생겨났다.

겉으로 보이는 제일 큰 인형은 환하게 웃고 있었지만, 뚜껑을 열고 그 안에서 더 작은 인형이 하나씩 나올 때마다 인형들의 얼굴에서는 점점 표정이 사라져갔다. 제일 마지막에 있는 가장 작은 인형의 표정이 어떤지는 나조차 알기 힘들었다.

나는 마트료시카 인형의 가장 깊숙이 있는 진짜 나를 찾기 위해 인형들을 하나씩 열기 시작했다. 그때마다 타인의 말에 휘둘렸던 지난날들이 오버랩되어 겹쳐졌다.

"너는 참 유쾌한 사람이야. 그래서 좋아."
"이럴수록 너라도 정신 차리고 살아야지."
"네가 너무 우울해서 나까지 우울해지는 거 같아."
"네 나이에는 웃음기는 좀 빼고 진지해질 필요도 있어."
"왜 이렇게 어두워졌어? 너 전에는 안 그랬잖아."
"힘을 내자. 너는 그렇게 약한 사람이 아니잖아."

너는 이러이러한 사람이 되었으면 좋겠다는, 타인의 바람이 만들어냈던 인형들을 다 벗겨내는 데는 정말 오랜 시간이 걸렸다. 그럼에도 불구하고 결국 마지막까지는 도달할 수 없었는데, 아마 평생에 걸쳐도 그 안에 어떤 인형이 들어 있는지는 다 알 수 없을 것이다. 새롭게 안 사실은 그렇게 웃음으로 어두운 내면을 감추려 애썼지만, 실제로 내 안을 채우고 있는 감정들이 그리 어둡지만은 않았다는 것이다. 내가 느끼는 감정들은 대체로 웃는 것도, 우는 것도 아닌 무표정에 가까웠고, 보는 시선에 따라 여러 감정들로 해석될 여지가 있었다. 이따금 어찌할 수 없는 어둠이 찾아올 때도 있었으나, 그뿐이었다. 묘하게도 무표정한 그 모습이 내게 맞는 옷처럼 가장 편안하게 느껴졌다.

사회의 일원으로서 상호작용하며 살다 보면, 다른 사람들의 시선을 신경 쓸 수밖에 없다. 타인의 평가나 기대에 영향을 받아, 기대에 부응하려는 노력을 기울이기도 한다. 그 과정에서 내가 원하지 않는 것을 계속해서 하다 보면, 삶의 관성은 '내가 원하지 않는 길'로 나를 이끈다.

내가 아닌 나로 살아가게 되는 것이다.

이런 사례는 우리의 주변에도 많다. 부모의 기대를 저버릴 수 없어서, 사회에서 정해준 역할과 삶을 해내기 위해서. 물론 그것을 원한다면 그 또한 자기의 삶이니 괜찮겠지만, 원하지 않는 것이라면 시간이 지날수록 후회만 커진다. 그러다 보면 어느새 자신의 삶에 타인의 영역이 더 커지게 된다.

내 삶의 결정권은 타인이 아닌
자기 자신에게 있다는 사실을
잊지 말아야 한다.

내 인생의 주어는
그 누구도 아닌 '나'여야 한다.

나의 주어는 '나'인가?
아니면 타인의 '말'인가?

손절해야 하는 것은 빠르게 손절할 것

손실이 클수록 빠져나오기 힘들어지는 이유는
기다리면 그 손실을 메울 수 있을 거라는 착각 때문이다.

주식은 16년, 가상화폐는 5년이었다. 매일 스마트폰으로 주가를 확인하는 것으로 하루를 시작했다. 낮 시간에도 일을 하다가 수시로 각종 지수를 확인했다. 오전에는 아시아, 오후에는 유럽, 밤에는 미국 증시까지 다 보고 나서야 간신히 잠을 청했다. 오르락내리락하는 차트를 보며 살아가면서 느낄 수 있는 온갖 희로애락을 느꼈다. 그런 세계의 일원으로 참여하고 있다는 사실은 때로 어떤 의지를 북돋기도 했다.

그렇지만 손실을 가만히 보고 있는 것은 참 괴로웠다. 손해를 만회하겠다는 생각에 적기에 손절을 못하는 바람에 크게 잃은 적도 있다. 원래라면 내 기준에서 더 이상 감당할 수 없는 손실이라고 판단되면 미련 없이 매도한다. 하지만 사람의 마음이라는 것이 매번 그렇게 생각처럼 되지 않았다.

손해가 클수록 더 그렇다. 조금만 더 기다리면 손실이 줄어들 것 같은 착각에서 빠져나오지 못하는 것이다. 결국 나중에는 아닌 걸 알면서도 버텨야 하는 지경에 이르기도 한다. 그동안의 경험상 제때 손절하지 못한 주식이 다시 반등하는 경우보다는, 더 떨어지는 경우가 많았다. 이는 다른 선택을 할 수 있는 기회비용을 포함하여, 심적으로 다른 일에 집중할 수 있는 에너지까지 빼앗아 큰 손해를 불렀다.

'손절'이란 이미 손실을 보고 있는 상태에서 더 큰 손실을 막기 위해 파는 것을 뜻한다. 주로 주식 시장에서 사용하는 이 단어를 인생에도 적용할 수 있다. 최근에 심리학 분야에서 '손절'이라는 단어가 자주 보이는데, 이는 나에게 부정적인 영향을 주는 것을 적시에 끊어내라는 의미다. 살다 보면 제때 손절하지 못해 나의 기분, 나의 일상, 나의 삶을 바닥까지 같이 끌어내리는 것들이 있다.

먼저, 인간관계에서 손절해야 할 것은 이런 사람들이다. 자기 중식적이라 아집이 강한 사람, 나를 무례하게 대하는 사람, 나의 단점만 골라 지적하는 사람, 화를 통제하지 못하는 사람, 나를 위험한 상황에 끌어들이는 사람이다. 이러한 사람들과 만남을 지속하기 위해서는 나만 노력해야 하는 상황이 반복되어 만남이 고통스럽기만 하다. 이런 정신적인 소모는 실제 일상생활에도 영향을 미친다. 더 건강한 관계, 더 중요한 일에 집중하지 못하게끔 한다. 삶에서 그런 기회비

용을 줄이려면 자신만의 기준을 만들어, 아니다 싶은 인간 관계는 서서히 정리하거나 과감히 끊어내야 한다.

그다음은 일이다. 포기하지 않는 것이 하나의 미덕으로 여겨지는 세상이지만, 분명히 내가 잘 해내기 힘든 일도 있다. 기한을 정해 그 안에 소기의 목표를 달성하지 못한다면 포기하는 것도 방법이다. 시기를 놓쳐 포기해야 할 것들을 붙잡고 있으면 힘들어진다. 노력에 비해 성과가 없으니 계속해서 스트레스를 받게 된다.

노력했지만 잘 되지 않았다.

때로 이런 마음가짐이 필요하다. 나와 맞지 않는 일, 내가 해낼 수 없는 일에 계속해서 심적, 물리적으로 노력을 기울이기보다는 나와 맞는, 내가 잘 해낼 수 있는 새로운 일을 찾아보는 것은 어떨까? 우리의 에너지는 한정적인 자원이다. 어쨌거나 그게 무엇이든 기준을 정해 빠르게 손절하는 것이 잃을 수 있는 더 많은 시간과 기회를 지키는 방법이 아닐까?

진짜 현실에 로그인할 것

디지털 세상에만 빠져 있으면

내 삶마저 디지털화되어버릴지도 모른다.

학창 시절 음악 시간에 선생님이 비발디의 〈사계〉를 틀어준 적이 있다. 선생님은 농담처럼 눈을 감아도, 누워 있어도 좋으니 자유롭게 음악을 감상하라고 했다. 음악이 흘러나오자 우리들은 약속이라도 한 듯 하품을 하며 잠을 청했다. 나도 엎드린 채로 살며시 눈을 감고 잠이 오길 기다렸다.

그런데 이상하게 잠이 오지 않았다. 들려오는 멜로디가 너무도 아름다워서 자꾸만 귀를 기울이게 되었다. 선율을 따라가다 보니 어느새 현실이라는 공간을 벗어나 많은 생각을 하게 되었다. 클래식을 통한 명상의 매력에 빠지게 된 것은 그때부터였다.

그 후 가끔 독주회나 오케스트라 공연을 보러 다녔다. 나만의 감상 방법도 생겼다. 피아노 독주회에서는 소리에 집중하기 위해 눈을 감고 몰입하지만, 오케스트라의 경우 하모니를 만들어내는 지휘자들의 역동적인 손짓을 보며 감상한다. 그렇게 하면 시각과 청각의 효과가 결합되어 음악을 입체적으로 감상할 수 있다.

나는 특히 잔잔하게 흐르던 선율들이 절정에서 만나 이뤄내는 웅장한 소리들을 좋아했다. 이런 하모니를 통해 글의 영감과 동력을 얻어 가고는 했다.

그런데 긴 코로나가 끝나고 오랜만에 다녀온 연주회에서 이상하게 몰입이 되지 않았다. 집에 돌아와서 그 곡들을 다시 들어보기 위해 유튜브를 켰다. 화면 상단에 뜬 그날의 사건사고 뉴스가 눈에 들어왔다. 그냥 지나칠 수가 없는 제목이라서 일단 클릭했다. 또 그것을 본 뒤에는 유튜브 알고리즘이 추천해 주는 영상을 계속해서 시청했다. 그 속에 한참을 빠져있다가, 어느새 잘 시간이라는 것을 깨닫고 깜짝 놀랐다.

갑작스런 공허함이 해일처럼 밀려왔다. 자책하며 그날의 스마트폰 사용 시간을 확인했는데, 무려 10시간이었다. 전자기기를 많이 사용하는 일의 특성을 고려해도 심각한 정도였다. 연주를 감상한 2시간을 제외하고는 온종일 핸드폰을 손에서 놓지 못했다는 뜻이었다. 혹시나 해서 스마트폰 중독 테스트를 해봤는데, 아니나 다를까 고위험군으로 나왔다.

스마트폰이 없을 때 불안과 공포를 느끼는 증세를 노모포비아(Nomophobia)라고 하는데, 그건 바로 나를 일컫는 말이었던 것이다! 요즘에는 스마트폰에 개인 정보부터 금융, 전자 지갑과 같이 중요한 것들이 많이 들어가 있다. 한 인간의 일상이 고스란히 디지털화되어 담겨 있다고 말해도 과언이 아니다. 그래서인지 핸드폰을 잃어버린다는 생각만 해도 너무나 끔찍하고, 보이지 않는 곳에 핸드폰이 있으면 괜스레 불안한 마음이 든다. 정도의 차이는 있겠지만, 21세기를 살아가는 현대인이라면 누구나 다 공감할 수밖에 없는 이야기가 아닐까?

인터넷은 세상을 하나로 연결하는 창구 역할을 한다. 인간관계도 오프라인보다는 온라인에서 상호작용하는 시간이 늘어나고 있다. 가까운 미래에는 가상 세계인 메타버스가 더욱 가속화된다 하니, 온라인에서의 삶의 영역이 더 넓어지는 것은 기정사실일 것이다.

하지만 그 이면에는 어두운 부분도 많다. 정보의 양이 워낙 방대하다 보니, 보지 않아도 될, 몰라도 될 것들까지 접하게 된다. 최근의 경향인 숏폼(짧은 영상)을 자주 접하다 보면 도파민 과잉 상태가 된다는 연구 결과가 속속 나오고 있다. 이 상태가 지속되면 만족이나 즐거움을 느끼는 도파민의 보상 체계에 문제가 생겨 중독 증상이 나타난다고 한다. 대표적인 증상으로 집중력 저하 현상을 꼽을 수 있다. 그러고 보니 나 역시도 집중력이 예전에 비해 현저히 떨어진다고 느낀다. 전개 속도가 느린 드라마는 지루하게 느껴지고, 글을 쓰고 책을 읽을 때도 한 가지에 집중하지 못하고 여러 가지를 병행한다.

최근 심각성을 인지하고 집중력 향상을 위해 '포모도로 기법(Pomodoro Technique)'을 쓰고 있다. 포모도로 기법이란 시간 관리 방법론 중 하나로, 25분 동안 집중하고 5분을 쉬고 이렇게 4번의 사이클을 반복하는 방식으로, 토마토 모양의 요리용 타이머인 '포모도로'를 사용해 이 기법을 실행한 데서 유래되었다.

틈이 날 때마다 디지털 기기를 사용하지 않는 시간을 정해 '디지털 디톡스'를 하고 있다. 그리고 아날로그 활동을 늘리

25분 집중하고 5분 쉬고,
이렇게 4번의 사이클을 반복한다.

기로 했다. 그 일환으로 시간이 있을 때면 근교로 나가 캠핑을 한다. 화면이나 디지털 음향이 아닌 밖으로 나가 직접 자연을 만나고, 느끼기로 한 것이다.

텐트를 치고 시원한 바람이 불어오는 그늘 밑 의자에 앉아 커피 한 잔을 마셨다. 그러고는 잔잔하게 흐르는 강물과 천천히 움직이는 구름을 가만히 바라보았다. 뭐가 그리도 바빴을까. 정해진 루틴 속에서 아등바등 사느라고 진짜 세상을 볼 여유도 없었다.

그렇게 풍경에 취해 있는 사이 저녁놀이 피어올랐다. 어둠이 찾아오기 전에 화로에 장작을 넣고 불을 지폈다. 활활 타오르는 불꽃과 함께 나무 타는 소리가 더해지자 커다란 자연 속에 나와 커다란 불꽃만 남아 있는 것 같은 기분을 느꼈다. 나는 가만히 타오르는 불을 바라보았다. 집중하지 못했던 그날의 연주 소리가 귓가에 들리는 듯한 묘한 기분이 들었다.

그리고 나는 어느 때보다 생생하게 살아 있었다.

디지털 세상에만 빠져 살면 삶마저도 디지털화되어버릴지
도 모른다. 가끔 디지털에서 로그아웃하고 진짜 현실을 느
껴보는 것은 어떨까? 디지털과 아날로그의 균형을 맞추는
삶이 중요하다.

비교의 저주에서 빠져나올 것

남과 비교하기 시작하면
그때부터 삶은 괴로워지기 시작한다.

숫자는 고대부터 인간의 문명과 함께 해왔다. 날짜, 시간, 계산, 단위 측정, 각종 통계 등 숫자는 일상생활의 기반을 이루고 있다. 오늘날 우리는 십진법에 기반한 아라비아 숫자를 널리 사용하는데, 여기에는 음수와 양수가 있어서 실제로는 존재하지 않는 세계까지 탐구할 수 있다. 어린 시절에는 숫자를 배우면서 세상이 넓어지는 것 같아서 재밌었다.

하지만 숫자에는 여러 의미가 담겨 있다. 예를 들어, 학교에서는 점수로 등수를 나눠 경쟁하는데, 한국의 교육과정에서는 십 년이 넘는 시간 동안 그 숫자 안에서 벗어날 수가 없었다. 어른이 되어 사회로 나가도 그 범위는 넓어질 뿐 줄어들지 않는다.

재산, 실적, 소득, 신체적 특성, 나이, 각종 성적 그리고 SNS 팔로워 수까지⋯ 수치화하여 비교할 수 있는 것들을 찾으면 끝이 없다. 오히려 수치화할 수 없는 것들이 손에 꼽을 정도다. 이를 하나하나 신경 쓰다 보면 자신도 모르는 사이 무슨 일을 하던 남과 비교하는 비교의 저주에 빠지게 된다.

사회에 첫발을 내디뎠을 당시, 나 또한 끝없는 비교 경쟁에 참여했다. 어려서부터 나는 '잘될 거야'라는 이야기보다는 '안 되는 이유'에 대해 들으며 자라왔다. 자연스럽게 자존감은 낮아졌고, 그렇게 생긴 결핍은 나를 인정 욕구가 강한 사람으로 만들었다.

나는 안 된다고 말했던 사람들에게, 보란 듯이 나의 가치를 증명하고 싶었다. 그래서 눈에 보이는 화려한 성공을 좇았다. 하지만 그 허황된 목표가 나를 자꾸만 갉아먹었다. 남들보다 무조건 잘 되는 것이 성공의 기준이라서, 그 경쟁에서 조금씩 뒤처질 때마다 삶이 괴로워졌기 때문이다.

언제까지 남과 비교하며 살아야 하는 걸까?

그런 의문을 떠올린 것은 우연히 카페에서 어떤 대화를 들은 다음이었다. 카페에서 책을 읽고 있는데, 딱 보기에도 비싸 보이는 외투를 걸친 두 노인이 옆 테이블에 자리잡고 앉았다. 자리잡기 무섭게 한 노인이 얼마 전에 땅을 새로 샀는데 구경 오라고 말했고, 맞은편의 노인이 땅의 면적과 가격을 물었다. 가격을 듣고는 자신은 그보다 더 비싼 새 아파트로 이사를 간다고 자랑했다. 이에 먼저 말을 꺼낸 노인은 아파트는 살기가 너무 불편하다며, 자신은 전원주택이 좋다고 했다. 내가 카페에서 나갈 때쯤 이야기의 주제는 자식 자랑으로 넘어가 있었다. 자식이 모는 차, 회사, 연봉, 부동산 가격… 모두가 다 그런 것은 아니겠지만 비교의 저주가 나이를 불문하고 이어진다는 사실이 새삼 놀랍게 다가왔다.

부동산을 공부하다 보면 아파트는 '브역대신평초'라는 말이 있다. 일명, 브랜드, 역세권, 대단지, 신축, 평지, 초등학교의 줄임말이다. 더 넓은 곳, 더 좋은 환경에 사는 것을 목표로 노력하는 것은 좋은 일이다. 하지만 이러한 기준이 그 사람의 가치를 결정하는 것은 슬픈 일이다. 요즘은 인터넷의 발달로 초등학교에서도 아이들이 부모님의 차와 사는 집을 검색하여 서로 비교한다고 한다.

비교와 인정 욕구가 인간의 기본적인 욕구 중 하나이기는 하지만, 이러한 것들이 삶을 장악하게 내버려두면 삶의 본질을 가려버린다. 예를 들어, 공부할 때 숫자에만 몰입하다 보면 공부의 즐거움이나 의미라는 과정을 잃게 된다. 공부라는 본질은 사라지고, 숫자에 대한 압박감과 괴로움만 남는다.

일이나 사회적 조건들도 마찬가지다. 닿을 수 없는 높은 곳만 한없이 바라보다 보면 좁혀지지 않는 괴리에 분노를 느끼게 된다. 인간이기에 이런 감정을 완전히 버린다는 것은 불가능하겠지만, 비교보다는 본질에 집중해 보면 어떨까?

비록 그 일이 잘 되지는 않았지만
나는 이로 인해 성장했고,
그건 내 인생에서 의미 있는 경험이었다.

☐ 잘 모르면서 지레짐작하지 말 것

무언가를 판단하는 순간,
그 일의 가능성은 한정된다.

얼굴을 보면 그 사람이 어떤 사람인지 보인다는 사람들이
있다. 하지만 자신의 경험을 토대로 판단하거나, 겉모습으
로 유추하는 것은 지극히 주관적이다. 과일이나 열매의 속
을 보기 위해서는 단면을 잘라봐야 알듯, 겉으로 드러난 그
사람의 모습은 사실상 껍질에 불과하기 때문이다.

누구나 타인에게 말하지 않는 부분들이 있다. 나 역시 작가
가 되고 싶다는 꿈을, 가까운 지인에게 털어놓고 비웃음을
당한 것을 계기로 이런 목표를 오랫동안 마음에만 담아두
었다. 용기 내어 내 이야기를 하고 타인의 반응을 신경 쓰는
것은 감정 소모가 심한 일이다. 잘 되기 전까지는 그림자처
럼 보이지 않는 곳에 숨겨놓는 편이 편하게 느껴졌다.

지금도 나 자신을 드러내기보다는, 글로 독자들을 만나는
것이 편안하다. 본명이 아닌 필명을 정하고, 오프라인 활동
을 하지 않는 것도 그런 이유다. 그러다 보니 정말 가까운
사람을 제외하고는 내가 책을 낸 작가라는 것을 모르는 지
인들도 많다. 보통 다른 사람에게서 건너 들었거나, SNS를
통해 알게 되는 경우다. 후자의 경우 정말 내가 맞는지 확

인하고 싶은지 연락이 온다. 이런 전화가 오면 자초지종을 들려주는데, 대부분 뜻밖이라는 기색이 역력하다. 그래도 나는 너를 잘 안다고 생각했는데, 잘 모르고 있었다고. 이런 반응을 마주하다 보면 나도 자주 씁쓸해진다.

처음부터 숨기려 했던 것은 아니다. 살다 보면 수많은 만남과 헤어짐을 반복하면서 본의 아니게 상처를 주고받게 된다. 그러다 보니 상처를 주지도, 받고 싶지도 않은 마음에 점점 타인에게 나를 적당히 드러내게 된다.

적당히라는 정도가 사람마다 다르겠지만, 나는 그것이 상대가 나를 상처 입힐 여지를 주지 않는 것이라고 생각한다. 이 거리감 때문에 어떤 사람들은 가까워지지 못하고 자연스럽게 멀어지기도 한다.

그럼에도 마음이 맞아 친해지는 사람이 있다. 함께하는 시간이 쌓여갈수록 굳이 드러내려 하지 않아도 자연스럽게 서로에 대해 알게 되고, 그제야 우리는 처음 봤을 때와는 완전히 다른 사람이라며 농담을 주고받는다. 그리고 보면 좋은 인연으로 이어질 수 있었음에도 불구하고, 서로 오해만 하다가 끝난 관계도 많을 테다.

그러니 보이는 것만으로 지레짐작하여 사람을 판단하는 오류를 범해서는 안 된다. 그 사람을 '어떤 사람'이라고 정의 내리는 순간, 그 사람과의 관계는 거기에서 멈춰버린다. 나 자신도 잘 모르는데 어떻게 다른 사람을 정의할 수 있을까? 현재까지 봐온 모습은 이렇지만, 분명 내가 모르는 다른 모습도 있을 것이다.

이는 관계뿐만 아니라, 일도 마찬가지다. 생각은 한번 물꼬를 트면 멈추기가 힘들어서, 사람들은 관성적으로 비슷한 방향으로 생각하려 한다. 이처럼 경험이나 직관을 바탕으로 신속히 어림짐작하는 기술을 심리학에서는 휴리스틱(Heuristics)이라고 한다. 빠른 결정을 내릴 수 있다는 장점이 있지만, 인지편향에 빠져 잘못된 의사 결정을 할 위험성도 있다. 계속해서 어림짐작하여 추측한다면, 결국 잘못된 선택으로 이어질 가능성이 크다.

일도 마찬가지다. 일에 있어서는 주관적인 추측을 배제하려고 하는 편이다. 과거 사례나 그 일에 관한 데이터, 그리고 실제 일을 진행하면서 얻게 되는 정보들을 바탕으로 판단하려고 노력한다.

장기적인 관점에서 해야 하는 일에는 더더욱 그렇다. 지레짐작하고 그런 인지편향을 확고히 하기보다는, 내가 생각했던 것과 다를 수 있다는 가능성을 열어두어야 좀 더 합리적인 선택을 할 수 있어서다.

다른 사람을 판단하지 않고 살기는 어렵다.
만약 당신이 다른 누군가를 판단해야 한다면,
사랑을 가지고 판단하라.

데바시쉬 므리다(Debasish Mridha)

앞으로 어떻게 살 것인가 질문할 것

사람들은 2년 동안 일어날 변화는 과대평가하면서,
앞으로 10년 뒤 일어날 변화는 과소평가한다.

가끔 유튜브에 올라오는 옛날 영상을 본다. 익숙한 모습이 영상 속에 등장하면 아련하게 떠오르는 추억에 만감이 교차한다. 얼마 전에는 기상 관측 이래 가장 더웠던 해로 꼽히는 1994년의 여름에 관한 뉴스 영상을 봤다.

에어컨이 흔하지 않던 시절이라, 그 시절의 열대야는 말 그대로 밤잠을 이루기 힘들 만큼 살인적이었다. 아직도 기억나는 것이 선풍기 바람마저 후덥지근하게 느껴질 정도라 자기 전에 항상 꽝꽝 얼린 물통을 머리맡에 두었던 것이다. 지금은 에어컨 없는 여름을 상상조차 하기 힘든데, 그때는 그 여름을 어떻게 견뎠는지 신기할 정도다.

그러고 보면 지금은 생활 속에 자리 잡아 당연하게 여겨지는 것들도 불과 십수 년 전에는 당연하지 않았던 시절이 있었다. 핸드폰이 없던 시절에는 약속 시간에 친구가 늦으면 하염없이 기다리거나, 주변에 있는 공중전화로 그 친구의 집에 전화를 걸어 친구가 출발했는지 물어보곤 했다. 또, 컴퓨터가 상용화되지 않았던 시절에는, 전자메일 대신 종이로 된 우편을 주고받았다. 찾고 싶은 정보가 있을 때는 도서관에 가서 수많은 책을 펼쳐 일일이 확인해야 했다. 그런데 컴퓨터와 휴대폰이 대중화되고부터 우리의 삶이 180도 바뀌었다. 당시 지인과 우스갯소리로 언젠가 이 작은 핸드폰 안에 컴퓨터까지 넣을지도 모르겠다는 얘기를 했었다.

그때 이후 세상은 따라가기가 벅찰 만큼 빠른 속도로 발전했다. 컴퓨터, 스마트폰, SNS, 각종 영상 플랫폼, 전기차, 빅데이터 그리고 이제는 인공지능까지. 나열하자면 끝이 없다. '사람은 생각이 늙었을 때 진짜로 늙는다'는 말의 의미를 이제야 조금씩 알 것만 같다. 매일 새로운 것이 쏟아지는 세상에서 그것을 외면한다면, 구시대에 갇히고 말 것이다. 그러니 속세를 떠나 살 것이 아니라면 끊임없이 무엇이든 배워야 한다.

처음 스마트폰이 나왔을 때만 해도 어렵다는 이유로 쓰기를 미룬 사람들이 많지만, 나중에는 불편함을 견딜 수 없어 뒤늦게라도 사용법을 배우게 되었다. 스마트폰은 단순히 통화의 기능을 넘어서 인터넷, 카메라, 음악, 금융, 쇼핑, 결제, 일정관리, 건강 등 생활의 거의 모든 영역으로 밀접하게 연결

되었기 때문이다. 그러나 사용할 줄 안다고 해서 끝나는 것이 아니다. 성능이 떨어질 때마다 새것으로 교체해야 하며, 날로 지능화되어가는 각종 피싱 범죄에 대비하기 위해서는 주기적으로 소프트웨어 업데이트도 해줘야 한다.

최근 한 지인이 말하길 아는 지인이 부고 스미싱 문자를 읽고 악성 앱을 설치하는 바람에 큰 피해를 입었다고 했다. 그로부터 몇 개월 뒤 비슷한 문자가 내게도 왔다. 보자마자 메시지를 삭제했다. 온라인 보안에 관심을 가지는 것이 이제는 선택이 아닌 필수가 되었다.

누적된 기술이 많아질수록 발전 속도는 가속화된다. 가끔 그 속도감에 머리가 어지러울 정도다. 무인 상점이 눈에 띄게 많아지고, 로봇이 서빙하는 식당도 더 이상 특별한 사례는 아니다.

빌 게이츠는 "(사람들이) 2년 동안 일어날 변화는 과대평가하면서, 앞으로 10년 뒤에 일어날 변화에 대해서는 과소평가한다"라고 말했다. 버스의 문이 자동문으로 바뀌며 문을 열어주는 버스 안내원이라는 직업이 사라졌듯, 십 년 뒤에는 인공지능이 많은 직업을 대체하게 될 것이다.

그렇다면 무엇을 하고 살아야 할까?

최근 챗GPT와 오랜 시간 이야기를 나눈 적이 있다. 물론 내가 일방적으로 질문했고 인공지능은 답만 했다. 가장 기억에 남았던 대화는 "어떻게 살아야 할까?"라는 질문에 챗GPT가 "사람마다 다르기에 정답은 없다"라고 대답한 것이다.

그러면서 나에게 자신을 알고, 감사하는 마음을 가지며, 가까운 사람과 좋은 관계를 맺고, 계속해서 배우며, 건강 유지와 목표 설정에 힘쓰라고 조언해 주었다. 선뜻 털어놓기 힘든 철학적 고민에 지체 없이 답을 해주는 모습이 재밌기도 했고 실제로 유익하기도 했다.

갑자기 호기심이 일어 반대로 나에게 궁금한 것이 있는지 물어보았다. 그러자 프로그램은 자신은 궁금증이나 감정을 느낄 수는 없다고 답했다. 그제야 인공지능과 사람 사이의 넘을 수 없는 벽을 실감했다.

또 한편으로는 앞으로 이러한 감정을 수시로 느낄 수밖에 없는 시대에 살아야 한다는 것을 새삼 깨달았다. 문득 먼 미래가 두렵게 느껴졌다. 미래에 대해 이야기할 때면 사람들은 지구 온난화로 인해 지구가 물에 잠길 수도 있다거나, 노화도 질병이니 언젠가 인간이 시간을 정복할 것이라는 이야기만 한다. 하지만 사람들이 진짜 궁금한 것들은 이런 것이다.

앞으로 나는 어떻게 살아야 할까?

이러한 큰 흐름 속에서 개인은 어떤 선택을 하고 어떤 방식으로 삶을 꾸려가야 할까? 미래를 예측하는 것은 큰 의미가 없을 것이다. 1994년 여름에 살던 내가 2023년의 나를 본다면, 당시 보았던 SF 영화를 보는 것 같은 생경한 기분을 느낄 테니 말이다.

나는 "정답이 없다"라고 했던 챗GPT의 말에서 실마리를 얻었다. 기계의 속도를 인간이 완벽히 따라가는 것에는 한계가 있을 것이다. 어느 정도 시대의 변화를 따라가야겠지만, 삶의 방식을 결정하기 위해 필요한 건 수시로 변하는 상황보다는 변하지 않는 본질이다.

나는 어떤 사람인가?
마음을 터놓을 가까운 사람이 있는가?
나의 건강을 위해서 하고 있는 것이 한 가지 이상 있는가?
최근에 새롭게 호기심이 생기거나 배우고 싶은 일이 있는가?
오늘 하루 감사한 일은 무엇인가?
나에게 물을 것.

───────────────

'챗GPT의 대답' 중에서

삶의 의미와 가치를 부여할 것

삶의 의미에 대해 생각할수록

삶이 의미 있어진다

똑같은 일상을 반복하다 보면 하루를 그냥 흘려보낼 때가 있다. 그날도 샤워를 마치고 습관처럼 배수구로 흘러들어가는 물을 바라보고 있었다. 문득, 종일 생각할 틈도 없이 분주하게 하루를 보냈다는 것에 생각이 미쳤다.

욕조를 깨끗이 청소하고 따뜻한 물을 받았다. 그리고 욕조에 기대 앉아 물이 차오를 때까지 기다렸다. 이윽고 따스함이 몸을 감싸자 몸도, 마음도 노곤해졌다.

얼마나 시간이 지났을까? 몸이 나른해지면서 졸음이 쏟아졌다. 감길 듯 말 듯 한 눈꺼풀을 억지로 끌어올리자 매끈한 타일 벽이 보였다. 그렇게 잠에 빠지기는 싫고, 현실로 돌아가고 싶지도 않은 몽롱한 상태가 지속되었다. 마치 영혼이 부유하는 기분이 들었다. 그리고 다음 순간 물이 턱밑까지 차올랐음을 느끼며 현실로 돌아왔다.

이미 물이 흘러넘치고 있었기 때문에 수도꼭지를 잠갔다. 갑자기 정적이 찾아오며 괜스레 인생의 무상함이 밀려왔다. 수증기와 함께 오래된 기억 하나가 모락모락 피어올랐다.

눈앞에 수증기가 가득 찬 것처럼 숨을 쉬는 것조차 벅찼던 시기의 일이었다. 감당할 수 있는 지점을 넘어버리면, 아무리 의욕적인 사람이라도 의욕을 잃기 마련이다.

코미디를 봐도 웃음이 나질 않았다. 가슴이 답답하고 작은 일에도 괜스레 콧등이 시큰하다. 아침에 눈을 뜨고 일어나는 것이 너무 괴롭다. 하루를 살아가는 것이 아니라 마지못해 버틴다는 생각이 든다.

이렇게 버티는 것이 무슨 의미가 있지?

그 질문을 꽤 오랫동안 마음에 품고 있었다. 현실을 잊고 고통을 끝낼 방법을 찾고 싶었다. 그래서 어둡고 좁은 곳으로 찾아 들어갔다. 좁은 공간에 몸을 눕히니 그곳이 원래 내 자리였던 것처럼 아늑하게 느껴졌다. 이곳에만 있으면 어떤 것도 나를 괴롭히지 못할 것 같았다. 하지만 너무 좁아서 다른 것들이 들어올 자리는 없어 보였다. 시간이 흐를수록 나는 어둠에 동화되었다. 그리고 마지막 순간 나는 생각했다.

하지만 이렇게 산다면 무슨 의미지?

때마침 욕조 물이 식어서 나도 현실로 돌아왔다. 어둠 속에서의 시간이 오래된 일처럼 금세 까마득해졌다. 분명 하루 종일 진이 빠졌건만, 머릿속에는 새로운 구상과 의욕이 차올랐다. 무너졌다가 다시 일어난 사람은 다시 그 지점으로 돌아가지 않기 위해 알게 모르게 무의식적으로도 애쓰는 모양이었다.

그날 이후 삶의 의미와 가치에 대해 고민했다. 신기하게도 그 과정을 계속 반복하다 보니 정말로 내 삶이 의미 있어지는 기분이 들었다. 일이나 신앙, 어떤 신념, 혹은 대상… 그것이 외적인 것이든, 내적인 것이든, 크거나 작거나, 그건 중요하지 않다. 자신의 삶의 의미를 찾는 사람은 쉽게 무너지지 않는다.

빅터 프랭클(Viktor Emil Frankl) 박사는 자신의 저서《빅터 프랭클의 죽음의 수용소에서》에서 "왜 살아야 하는지 아는 사람은 어떤 상황도 참고 견뎌낼 수 있다"라는 니체의 말을 인용했다. 이는 그가 유대인 수용소 중에서도 악명 높은 아우슈비츠에 갇혔을 때 수감자들에게 해줬던 말이다. 그런 고통을 우리는 상상조차 하기 힘들다. 그렇지만 그런 불행 속에서도 생의 의지를 북돋던 사람들이 있었다. 저마다 자신의 이유가 있었던 것이다.

프랑스의 철학자 장 폴 사르트르(Jean Paul Sartre)는 그의 저서 《존재와 무》에서 실존은 본질을 앞선다고 했다. 태어날 때부터 인간은 어떠한 목적이나 이유 없이 세상에 던져졌다. 어떤 이에게는 이러한 말이 일종의 허무주의처럼 들릴 수도 있겠지만, 역설적으로 그 사실을 깨닫는 순간부터 인간은 진정으로 자유로워진다. 본디 삶에는 어떠한 이유도 목적도 없기에 스스로 선택하여 삶의 의미와 가치를 부여하면 되는 것이다. 물론 선택한 것이 정답이 아닐 수도 있다. 하지만 삶의 목적이 희미했던 나에게는 큰 울림을 주었던 말이었다.

자신의 삶의 가치와 의미를 잃어버리는 순간부터 우리는 살아갈 힘을 잃는다. 거창하지 않아도 좋다. 그게 무엇이든 내가 주체가 되어 내 삶의 가치를 만들어야만 한다.

나의 삶에서 가치 있는 것들은 무엇인가?

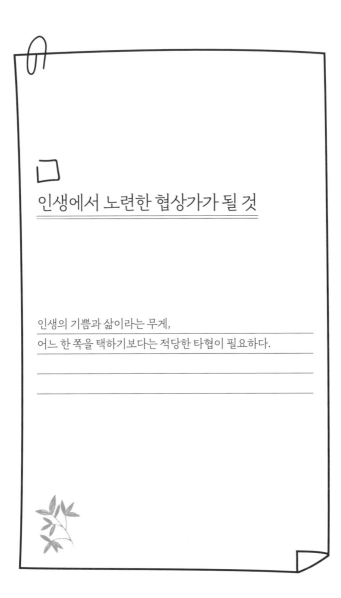

인생에서 노련한 협상가가 될 것

인생의 기쁨과 삶이라는 무게,
어느 한 쪽을 택하기보다는 적당한 타협이 필요하다.

경쟁 사회에서는 모두가 성공하는 결말은 없다. 특히나 생존 경쟁이 치열한 우리나라의 자영업 시장만 봐도 산다는 것이 얼마나 치열한 일인지 피부로 느껴진다. 지난 5년간 우리나라의 자영업자 폐업률은 무려 70~80퍼센트라고 한다. 버티기만 해도 20% 안에 포함된다고 하니, 사업을 유지하고 실제로 이득을 가져가는 사람은 더 소수일 것이다. 누구도 망할 거라고 생각하고 사업을 시작하지는 않을 것이다. 그렇지만 안타깝게도 5곳 중 4곳은 5년 안에 폐업한다는 것이 현실이다.

예전에 식당을 오픈하는 한 사장님과 대화를 하다가 요식업을 시작한 계기를 물은 적이 있었다. 생각보다 이유가 단순했다. 손님이 북적이는 일명 '대박집'에서 직접 먹어보니, 자신의 요리 실력으로도 충분하겠다는 자신감을 가지게 되었다는 것이다.

하지만 막상 그의 요리를 먹어 보니, 기대했던 것과는 달리 그렇게 맛있지 않았다. 같이 갔던 사람의 반응도 비슷했다. 결국 그 식당은 여러 사정으로 인해 일 년을 채우지 못하고

문을 닫았다. 그는 그 일 년간 산더미처럼 불어난 빚을 갚기 위해 일터로 나갔고, '이번에는' 운이 좋지 않았다는 의미심 장한 말을 남겼다.

멀리서 보면 쉬워 보이는 일이 많다. '이 정도면 나도 할 만 한데?' 하지만 막상 그런 마음으로 시작하고 나면 겉보기와 달리 생각처럼 안 되는 일들이 태반이다. 한 사람의 능력치 를, 하나의 음식이나 성과와 같은 단면만 보고 판단하기는 힘들며, 그 사람이 얼마나 노력했는지 당사자가 아닌 한 알 기 힘들기 때문이다. 그럼에도 우리는 그 사람의 일을 단편 적으로 보고 해석하는 오류를 범하고는 한다.

'너 자신을 알라.'

고대 철학자 소크라테스(Socrates)는 자신의 무지함을 아는 것이야말로 앎의 시작이라 강조했다. 그러니 매사 자기 자 신을 너무 과신하면 안 된다. 현실적으로 능력이 부족함에 도, 잘할 수 있다는 막연한 믿음을 갖는 것은 나의 인생을 도박판에 던지는 거나 마찬가지다.

나도 내가 잘할 수 있다고 생각했지만, 실제로 해보니 아니었던 경우가 많았다. 이번에는 운이 좋지 않았다고 생각하면 마음이 편하기는 하겠지만, 그런 것이 아니었다. 애초에 내가 '잘할 수 있는 일'이 아니었던 것이다.

'좋아하지만 못하는 것'에도 '아무리 해도 안 되는 것'과 '노력하면 발전할 수 있는 것'이 있다. 전자에 해당한다면 그만두는 편이 낫다. 하지만 후자에 해당한다면 '잘할 수 있는 것'보다는 성과가 떨어지겠지만, 그래도 해볼 만하다고 생각한다.

내게는 글쓰기가 그랬다. 예전에는 내게 재능이 있다고 믿어 의심치 않았지만, 꾸준히 하면 할수록 그게 착각이었음을 깨달았다. 그나마 다행인 것은 글쓰기는 내가 '노력하면 발전할 수 있는 영역'에 있다는 사실이었다. 지금에 와서 예전에 썼던 글들을 다시 찬찬히 훑어보면, 아쉬운 부분이 눈에 보여서 괜스레 뒤늦은 민망함이 밀려온다. 그건 많은 글을 써오면서 나도 같이 조금씩 성장했다는 뜻일 것이다.

그렇지만 좋아하지만 노력이 필요한 일을 전업으로 하기에 현실적인 리스크가 크다. 나 또한 글쓰기를 좋아하지만 전업 작가가 되지 않고 다른 일을 꾸준히 하는 것은 이를 알기 때문이다.

그러나 좋아하는 일에서 기쁨을 느낄 때 우리는 살아갈 원동력을 얻는다. 이럴 때는 나 자신과 적당한 타협을 할 필요가 있다. 일명, 백보전진을 위한 일보 후퇴다.

유일한 선은 앎이요,
유일한 악은 무지다.

─────

소크라테스

인생의 우선순위를 정할 것

주어진 시간이 언젠가 끝난다는 사실을
우리는 알고 있다.

영화 〈인 타임〉은 시간을 공용 화폐로 사용하는 먼 미래를 배경으로 한다. 누구든 25세가 되면 노화가 멈추고, 대신 팔목에 남은 시간이 숫자로 카운팅 된다. 여기서 눈여겨볼 점은 생활 구역이 나뉘어 있다는 점이다.

부자들은 수천 년이 넘는 긴 수명을 가지고 있기에 여유로운 시간을 보낸다. 오랜 세월을 살면서 자극에 무뎌지다 보니, 그들의 모습은 단조롭다 못해 무미건조해 보이기도 했다. 반대로 그날그날 시간을 벌어 목숨을 부지하는 빈민가의 하루는 치열한 전쟁통을 방불케했다. 각종 범죄가 들끓었고, 치솟는 물가에 시간을 벌지 못한 사람들은 불시에 죽음을 맞이했다. 아비규환이 따로 없었다.

우리가 사는 세상은 그들의 세상에 비유하자면 '부자 구역'과 '빈민 구역'의 중간에 있다. 시간이 절박할 정도로 부족한 것도, 그렇다고 권태로움을 느낄 정도로 여유롭지도 않다. 정규교육 과정을 거친 대부분의 사람들은 사회에 나오기 전에는 공부에, 그리고 사회에 나오고 나서는 돈을 버는 것에 많은 시간을 쓴다. 그러고도 남는 시간을 쓰는 방법은 저마다 다른

데, 휴식을 중요시하는 사람은 혼자만의 공간에서 시간을 보내고, 성취를 중요시하는 사람은 목표를 위해 시간을 보내고, 인간관계를 중요시하는 사람은 사람들과 시간을 보낸다.

그렇지만 어떤 시간을 보냈든, 인생의 끝자락에는 대다수의 사람들이 이에 대해 크고 작은 후회를 떨쳐낼 수가 없다고 한다.

조금만 더 나를 위해 시간을 보낼걸.
조금만 더 사랑하는 사람과 시간을 보낼걸.
조금만 더 많은 추억을 쌓을걸.
조금만 더 노력해 볼걸.
조금만 더, 조금만 더……

이처럼 우리도 모르는 새 우리의 마음속에는 '조금만 더'라는 후회가 쌓이고 있다. 영화처럼 자신의 남은 시간을 아는 방법은 없지만, 주어진 시간이 언젠가 끝난다는 사실만은 누구나 알고 있다. 때로 우리의 시간이 물리적으로 한정되어 있다는 사실이 슬프게 다가온다. 그래서인지 오랜만에 친구들을 만나도 헤어짐이 아쉽기만 하다. 각자의 삶을 살아내는 것이 고되다 보니, 누군가를 만나는 것이 우선순위에서 밀릴 것을 알기 때문이다.

일도 마찬가지다. 우리에게 주어진 시간은 무한정이 아니기에, 주어진 시간을 헛되이 쓰지 않기 위해서는 우선순위를 정해야 한다. 사람마다 중요하게 생각하는 것이 다르겠지만, 어느 한 가지에 모든 시간을 쏟아부으면 다른 부분에서 아쉬운 부분이 생기기 마련이다. 당시에는 최우선으로 생각했던 것들이 시간이 흘러 중요하지 않게 되어버리는 경우도 있다. 이때 한번 인생의 큰 혼란을 겪는다.

이런 이야기를 들었다. 평생 가족을 위해 일하고 돈을 모으는 것을 최우선으로 삼던 사람이 있었다. 업무 역량을 높이기 위해 새벽같이 일어나 영어학원에 갔다가 출근하고, 인맥을 쌓기 위해 주말에도 업계 사람들을 만났다. 이게 맞는 건지 생각할 여유조차 없었다. 일단 돈을 모으고, 일단 성공하고, 일단 바쁜 게 끝나면… 그러나 시간은 생각보다 빠르게 흘러갔다.

은퇴할 시기가 찾아왔고, 집에 돌아와 가족들의 얼굴을 마주하는 순간 그는 큰 혼란을 느꼈다. 열심히 했던 공부도, 인맥을 쌓아 만든 사회적 지위도, 회사 밖으로 나오니 아무런 의미가 없었다. 그는 젊은 시절, 사는 게 너무 바빠서 아들과 함께 목욕탕에 가지도 못했고, 주말에 가족들과 그럴듯한 외출을 했던 기억도 손에 꼽았으며, 모르는 새 훌쩍 커버린 자식들이 낯설게 느껴졌다고 했다. 무엇보다 가장 괴로운 것은 지금까지 자신의 인생은 무엇이었나 하는 생각이었다고.

나도 꿈이나 성공과 같은 가치를 최우선으로 삼았던 시절이 있었다. 사람들과의 만남도 최대한 줄이고, 몇 년간 주말도 없이 앞만 보고 달렸다. 당연하게 나를 돌아볼 여유는 없었고, 그런 과정에서 상대적으로 소홀히 생각했던 것에서 문제가 생기기 시작했다.

지금처럼 살아서는 안 되겠다는 생각이 들었다. 그래서 지금 당장 해야 할 것들과 내가 중요하게 생각하는 것들을 위주로 우선순위를 점검하기로 했다. 일단 매월 발생하는 고정 지출이나 삶의 영위를 위해 경제활동은 여전히 높은 순위에 있었다. 그러나 결국 그와 같은 것이 나와 나의 삶을 앞서면 안 된다는 생각이 들었다.

그때부터 삶의 우선순위가 바꼈다. 내가 성장하거나 나의 가치관이 바뀌면 당연히 생각도 달라질 수 있다. 문득, 인생 이라는 큰 계획뿐 아니라, 일 년, 한 달, 일주일, 하루의 계획 에 있어서도 우선순위가 필요하다는 생각이 들었다. 그래서 나는 드와이트 아이젠하워(Dwight David Eisenhower)의 매트 릭스 기법을 사용해 보기로 했다.

사분면으로 이뤄진 매트릭스는 총 네 개의 영역으로 분류 된다. 첫 번째는 '긴급하면서 중요한 일'이다. 그 어떤 일보 다 최우선으로 해야 한다. 두 번째는 '긴급하지는 않으나 중 요한 일'이다. 첫 번째 영역에 속한 일들을 다하고 나면 그 다음으로 해야 한다. 세 번째는 '긴급하지만 중요하지 않은 일'이다. 이 영역에 해당하는 일은 시간을 최소화하거나, 다 른 사람에게 부탁할 수 있다면 하는 것이 좋다. 네 번째는 '긴급하지도 중요하지도 않은 일'이다. 시간 낭비를 줄이기 위해서 목록에서 삭제해야 한다.

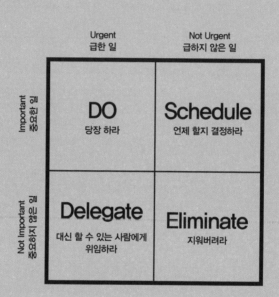

아이젠하워의 매트릭스

그러니 우리에게 주어진 시간이라는 한정된 자원을
긴급하지만 중요하지도 않은 일에 휩쓸려 낭비하지 말자.
우리의 인생은 생각보다 짧다.

당신 삶에서 지금 당장 시급하면서 중요한 일은 무엇인가?

나만의 인간관계론을 정립할 것

어떤 인간관계를 맺을지는
나의 선택에 달려 있다.

사람마다 관계의 적정거리가 있다고 한다. 간격이 가깝다는 것은 친밀도가 높다는 것을 의미하지만, 그만큼 관계에서 오는 민감도도 높아진다는 의미다. 자연스럽게 가까워질수록 그 사람이 느끼는 불안감이나 우울감, 행복과 같은 감정이 더 민감하게 느껴질 수밖에 없다.

그런 감정의 교류를 기꺼워하는 사람이 있는가 하면, 사람들과 보낸 시간만큼 혼자만의 시간을 보내야 하는 사람도 있다. 일반적인 인간관계론에서는 그런 피로감을 예방하기 위해 사람 간의 적정거리가 필요하다고 말하지만, 그건 사람마다 다르다. 다른 사람과의 교류에서 에너지를 얻어 가는 사람이 있고, 혼자만의 시간을 통해 충전을 하는 사람도 있다.

사람과 가까워진다는 것은 생각보다 많은 것을 주고받는 일이다. 예전의 나는 누군가와 진정으로 친밀해지기 위해서는 격의 없이 모든 것을 보여줘야 한다고 생각했다. 그게 솔직함이고, 그게 인간관계의 미덕이라고. 그러나 잘 맞는 것 같아서 모든 것을 보여줬더니, 막상 가까워지고 나니 생각과 달라 상처를 받았던 적도 많다. 서로의 거리가 좁혀질수록 잘 보이지 않았던 부분들이 보였기 때문이다. 그것이 장점이라면 다행이지만, 단점이라면 내가 수용할 수 있는 범위에 있는 단점인지를 판단해본다. 그 과정에서 갈등이 생기기도 한다. 그런 식으로 내 삶에서 멀어진 사람들이 꽤 많다. 하지만 나와 맞지 않아 함께하는 것이 도리어 괴로운 관계라면 자연스럽게 멀어지는 편이 차라리 해피엔딩이지 않을까? 잘 맞지 않지만 계속 함께해야 하는 상황이라면 그 고통은 이루 말할 수가 없다.

장 폴 사르트르의 희곡 〈닫힌 방〉에는 남자인 가르생과 여자인 이네스와 에스텔이 등장한다. 그들은 외부와 완전히 단절된 공간에 갇히게 되는데, 그곳은 바로 이승이 아니라 사후 세계인 지옥이다.

그곳에서는 출구와 거울이 없어서 한번 들어오면 다시는 나갈 수 없고, 자신의 모습이 어떤지는 오로지 타인을 통해서만 알 수 있다. 그리고 무엇보다 불이 꺼지지 않아 방 안이 항상 환하다. 초반에는 일면식도 없이 사후에 만난 이들 셋은 왜 그곳이 지옥인지 궁금해한다. 나 역시도 흔히 상상하는 지옥의 모습과는 달라서 뒷얘기가 궁금해졌다.

그러나 독자들은 얼마 지나지 않아 기름과 물처럼 섞일 수 없는 그들이 잘 맞지 않아 서로에게 고통을 주는, '지옥 그 자체'라는 것을 절실하게 깨닫게 된다. 그들은 그곳을 절대 벗어날 수도 없다. 영원토록 셋이 함께해야 한다는 사실 자체가 지옥보다 더한 지옥이라는 것이다. '타인은 지옥'이라는 말은 장 폴 사르트르의 실존주의에서 유래되었는데, 작품을 읽고 말의 의미를 조금이나마 짐작할 수 있게 되었다.

사람이 사람을 돕기도 하지만, 사람이 사람을 힘들게도 한다. 사람이 사람을 살리기도 하지만, 사람이 사람을 죽이기도 한다. 이처럼 타인은 이중적인 존재다. 인생에서 힘들었던 순간을 찬찬히 떠올려보면 사람이 원인이 되었던 적이 많았다. 잘못 뀄 단추는 제자리를 찾기는커녕 시간이 흐를수록 감정의 골만 깊게 만들어 관계를 악화시켰다.

사람 문제로 잠을 자기 힘들 정도로 극심한 스트레스를 받은 적이 있었다. 시간이 흐를수록 나를 이렇게 힘들게 만드는 그 사람을 미워하는 마음이 커져만 갔다. 무엇보다 가장 힘들었던 것은 그토록 누군가를 미워하는 나 자신의 모습이었다. 그랬던 감정이 그 사람과 멀어지면서 희미해졌다.

또, 한때는 타인의 시선에 갇혀서 힘들었던 적도 있다. 지금 생각하면 별거 아닌, 그냥 지나가는 말이었는데 타인의 말 한마디를 확대 해석하는 바람에 혼자서 끙끙 앓았던 것이다. 그렇게 내가 스스로 만든 지옥에서 출구를 만들어 나오는 데까지 오랜 시간이 걸렸다.

장 폴 사르트르의 〈닫힌 방〉에 나오는 그 공간이 어떤 이에게는 가정일 수도, 학교일 수도, 일터일 수도, 온라인 공간일 수도, 또 어떠한 집단일 수도 있다. 반대로 나도, 당신도, 누군가에게 그런 사람이 될 수도 있다.

한 가지 다행인 점은 우리가 사는 현재에서는 〈닫힌 방〉에 나오는 지옥과 달리, 용기만 있다면 스스로의 힘으로 밖으로 나가는 문을 만들 수 있다는 것이다. 인생에서 어떤 사람

과 함께할지는 내가 선택할 수 있다는 것이 나의 인간관계
론이다.

근래에는 내 감정의 온도와 비슷한 사람들과 가깝게 지내려
노력한다. 매번 부정적이고 차가운 말들로 기운을 빠지게
하는 사람들은 일상적인 이야기를 건네도 무엇이든 안 좋은
방향으로 해석하려 한다. 물론, 어떤 때에는 그런 냉철한 관
점이 도움이 되기도 하지만, 득보다는 실이 많으므로 차라
리 잃는 것이 낫다.

반대로 지나치게 활력이 넘치는 사람도 마찬가지다. 만날
때는 재밌지만 만나고 나면 에너지가 다 빠져나가는 것 같
다. 그러니까 나는 온도로 치면 너무 차갑지도, 뜨겁지도
않은 미지근한 사람인 것이다. 비슷한 사람만 만나며 살 수
는 없겠지만, 나의 이런 성향을 알아두면 인간관계를 맺을
때 도움이 된다. 이러한 인간관계론이 정답이라는 것은 아
니다.

하지만 분명한 것은 고통받을 정도로 타인에게 시달리느니
차라리 혼자가 되는 편이 낫다는 것이다.

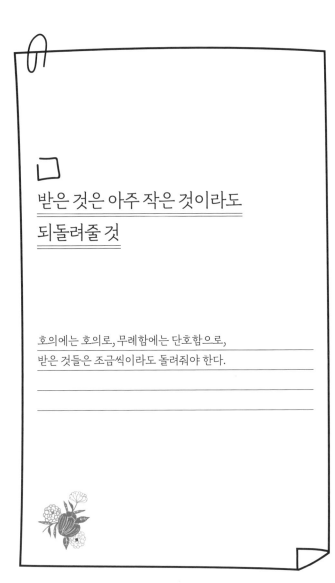

받은 것은 아주 작은 것이라도
되돌려줄 것

호의에는 호의로, 무례함에는 단호함으로,
받은 것들은 조금씩이라도 돌려줘야 한다.

미국의 심리학자 폴 에크만(Paul Ekman)은 기쁨, 슬픔, 놀람, 두려움, 혐오, 분노, 경멸 등과 같은 부정적인 감정이 인간의 기본적인 감정이라고 주장했다. 우리는 이러한 감정을 주로 언어뿐 아니라 표정이라는 제스처를 통해 주고받는다.

누군가를 떠올릴 때 밀려오는 감정은 함께하는 동안 주고받은 감정에 대한 주관적인 해석이다. 이때 만감이 교차할 수도 있다. 단어로 표현하자면 고마움, 미안함, 설렘, 애틋함, 그리움, 원망, 애증과 같이 복합적인 것들이다. 물론 자신이 처한 상황이나 시간의 흐름에 따라 이 감정은 계속 변할 수 있다.

그런데 서로가 주고받은 감정을 깊이 살피다 보면 모든 감정에는 이유가 있었다는 것을 깨닫게 된다. 인간관계는 상호주의적인 특성을 가지고 있기에, 보통의 경우 좋은 감정은 좋은 감정으로, 부정적인 감정은 부정적인 감정으로 돌려주려는 마음이 생긴다. 그래서인지 갚지 못하고 끝난 모든 관계에는 크고 작은 후회가 남는다. 솔직하게 진심을 전하지 못한 것, 나를 위해 좀 더 단호하게 말하지 못한 것, 그만뒀어야 할 것을 진즉에 그만두지 못한 것, 그리고 무엇보다 호의를 갚지 못한 것이 마음속에 오래 남아 있다.

그것이 어떤 감정이든 일방적인 것은 좋지 않다. 그래서 나는 나에게 호의를 베푼 사람에게는 호의로, 반대로 무례한 사람에게는 단호함으로, 받은 것들을 조금씩이라도 돌려주면서 살려고 노력한다.

살다 보면 아무 거리낌 없이 언어폭력을 휘두르거나, 교묘하게 상대방을 존중하는 척 깎아내리는 사람들이 종종 있다. 이때 받은 것은 돌려줘야 함에도 불구하고 삼키기만 한다면, 그 사람은 나를 만만하게 보아 더욱 무례하게 행동할 것이다. 또한, 호의를 베푼 사람에게 감사한 마음을 표현하지 않고 당연하게 여긴다면, 아무리 돌려받지 않을 마음으로 베푼 호의라도 그 사람은 서서히 마음을 닫고 멀어질 준비를 할 것이다.

사람과 사람 사이에는 두 개의 양팔 저울이 있다고 한다. 하나는 감사나 호의와 같은 긍정적인 마음이 담긴 추를 올리는 저울이다. 주고받은 추가 많아 수평을 이루고 있다면, 건강한 관계라고 말할 수 있다. 하지만 당연하다고 여겼던 마음들이 지나고 나서 당연하지 않았음을 깨달을 때가 있다. 뒤늦게 저울을 확인해 보면 한쪽으로 치우쳐 있을 것이다.

추를 올려 균형을 맞출 기회가 있다면 그나마 다행이겠지만, 갚을 길이 없다면 미안한 마음이 남아 있는 채로 살아가야 한다. 마음의 빚은 이자 한도가 없다지만, 그래도 그때그때 마음을 돌려주기 위해 최선을 다해야 한다. 살다 보면 빚을 갚을 대상이 사라져서 갚을 길이 없어질 때도 있다. 그런 일을 몇 번 겪고 나면 '다음에 꼭'이라는 말에 아무런 힘이 없다는 것을 알게 된다. 물론 말처럼 쉽지는 않다. 하지만 후회를 줄이기 위한 방법으로 그때그때 마음의 빚을 상환하는 방법을 생각해 보아야 한다.

다른 하나는 분노, 혐오, 경멸과 같은 부정적인 마음이 담긴 추를 올리는 저울이다. 기울기가 심할수록 고통의 강도가 높다. 게다가 추를 올린 쪽은 자신이 추를 올리고 있다는 사실조차 자각하지 못할 가능성도 있다. 그것을 인지시켜 주기 위해서는 나도 같이 추를 올려 대응해야 한다. 가만히 있다가는 그 무게에 짓눌려 고통만 더해질 뿐이다. 피할 수 있다면 피하는 것이 상책이겠지만, 피할 수 없는 사람이라면 맞서야 하는 경우도 있다. 나쁜 감정을 주면 어떤 식으로든 그 영향이 자신에게도 돌아간다는 것을 상기시키기만 해도 상대는 더 이상 나를 쉽게 생각하지 않을 것이다.

예전에는 누군가가 나를 무시하는 발언을 해도 그저 농담처럼 웃어넘기곤 했었다. 그 결과 멈추기는커녕 '그래도 되는 쉬운 사람'으로 생각하는 것이었다.

그때 나를 위해 좀 더 단호하게 말했어야 했다.

상대는 계속해서 부정적인 추를 저울에 올리는데, 긍정적인 마음을 담아 저울에 추를 올려본들 상대에게 아무런 감흥도 주지 못할 것이다. 왜냐하면 부정적인 마음이 긍정적인 마음보다 훨씬 강해 그 무게감이 더 묵직하게 다가오기 때문이다. 무의식적으로도 우리의 뇌는 좋았던 것보다 안 좋았던 것을 더 오래, 강렬하게 기억한다.

인과응보(因果應報)라 하여 모든 일의 원인과 결과에는 반드시 이유가 있으며 대가가 상응한다. 가는 말이 고와야 오는 말이 곱다는 말처럼 내가 타인에게 건넨 감정이 고스란히 부메랑처럼 언젠가 돌아올지도 모른다. 선의를 담아 행한 것들은 선으로 돌아올 확률이 높지만, 악의를 담아 행한 것들은 또 다른 악으로 돌아올 확률이 높다. 그러니 부정적인 저울의 추는 상대가 먼저 올리기 전까지 굳이 먼저 올릴 필요는 없다.

고마움이든 불쾌함이든
그게 무엇이든
받은 감정은 어느 정도
되돌려줄 필요가 있다.

나를 알아가는 시간입니다

내가 무엇을 하든, 어떤 감정을 느끼든 간에 시간은 계속 흘러간다.

때로는 쉼 없이 째깍대는 시곗바늘이 야속하게 느껴진다. 불완전한 존재인 우리에게, 후회는 필연적이기 때문에, 시간을 아무리 쪼개고 쪼개어 하루를 보내 봐도 언제나 아쉬움은 남기 마련이다. 그럼에도 대부분의 사람들은 그 안에서 최선을 다하며 살아간다.

얼마 전, 일과를 마친 뒤 녹초가 되어 가만히 누워 있었다. 적막이 흐르는 집안에서 벽에 걸린 디지털 시계가 유독 눈에 들어왔다. 23시 59분을 가리키는 숫자를 아무 생각 없이 멍하게 바라보고 있는데, 그 순간 시간이 0시 0분으로 바뀌었다.

그 순간, 하루가 0부터 다시 시작되었다.

그러고 보면 우리가 사용하는 날짜나 시간 개념은 일정 숫자에 다다르면 0이나 1로 다시 돌아가는 경우가 많다. 61초, 61분, 25시, 32일, 13월은 낯설게 다가온다. 어쩌면 선조들이 이처럼 일정한 주기를 만들어 놓은 것은 무한해 보이는 시간의 흐름 속에 잠시 멈춰서 생각해 보라는 의미인지도 모르겠다.

내년부터는, 다음 달부터는, 정시가 될 때까지만 잠시 쉬었다가… 이 숫자를 계기로 우리는 언제든 자신을 점검하여 새롭게 리셋할 수 있다. 인생도 마찬가지다.

나 역시도 그 점검의 시간 동안 나에게 수시로 묻고, 답하며, 나의 마음을 확인했다. 어떤 마음가짐이든 지나고 나면 희미해지므로 리스트로 만들어 수시로 확인하는 것이 좋다. 조급해지거나 혼란스러워질 때마다 이 리스트들을 보며 내 삶의 가치와 목표들을 다시 정리해 보는 것이다.

무엇보다 중요한 것은 이 리스트는 고정된 것이 아니라 주기적으로 업데이트해야 한다는 것이다. 시간이 흐를수록 나도 조금씩 성장하고, 그로 인해 나의 가치와 생각도 변하기 때문이다.

소크라테스는 말했다. "너 자신을 알라"라고.

그의 철학이 담긴 이 한마디에는 시간과 시대를 초월한 깊은 울림이 있다. 시간이 흐를수록 내가 잘 안다고 믿었던 것들이 대부분 무지에서 비롯되었음을 깨닫게 된다. 특히, 나 자신에 대해서는 더욱 그렇다. 의문을 가지는 일은 곧 이를 알아가는 첫 단계이며, 인생은 답에 근접해 가는 과정이다.

당신과 나는 삶이라는 바다에서
지금 항해를 이어가고 있다.
그 끝에 무엇이 있을지는 모르지만,
당신이 찾는 것이 꼭 있기를 바란다.

인생의 Q&A

나는 어떤 사람인가?
그리고 어떤 사람이 되고 싶은가?
당신은 다른 사람에게 어떻게 기억되고 싶은가?
남은 인생을 누구와 함께하고 싶은가?
그런 사람이 몇 명이나 되는가?
그 사람들과 얼마나 많은 시간을 보내고 있는가?
당신의 삶에 가장 큰 영향을 끼친 사람을 누구인가?
내가 좋아하는 것은 무엇인가?
내가 잘할 수 있는 것은 무엇인가?
지금 그 일을 하고 있는가?
나는 나에 대해 얼마나 알고 있다고 생각하는가?

지금 당장 마음속에 떠오르는 답을 적어보고,
머뭇거리거나 멈췄다면, 며칠 뒤 다시 생각하고 질문을 마주할 것.

WHO AM I ?

내가 지난 몇 년간 골몰하고 있는 일은 무엇인가?
그 일의 궁극적인 목표는 어디인가?
그 목표를 잘게 쪼개어 나눈다면
몇 단계로 나눌 수 있을까?
그 일이 나의 삶을 행복하게(가치 있게)
만들어 준다고 생각하는가?
현실 가능성에 대해 생각하지 않는다면,
가장 하고 싶은 일은 무엇인가?
어떤 일을 시작하기에 앞서 두렵다면,
그건 무엇 때문일까?
앞으로 어떻게 살 것인가 스스로에게
질문해 본 적이 있는가?

지금 당장 마음속에 떠오르는 답을 적어보고,
머뭇거리거나 멈췄다면, 며칠 뒤 다시 생각하고 질문을 마주할 것.

WHERE AM I?

_____

_____

_____

_____

_____

_____

_____

_____

_____

무엇이 당신의 마음을 움직이는가?
시간이 얼마 남지 않았다면
가장 후회되는 일은 무엇일까?
인생에서 가장 감동적인 경험은 무엇인가?
지금 가장 걱정하고 있는 문제는 무엇인가?
그게 5년 뒤의 당신에게 가장 큰 문제일까?
어떤 삶이 의미 있다고 생각하는가?
새로운 삶을 살 기회가 있다면,
어떤 삶을 살고 싶은가?

지금 당장 마음속에 떠오르는 답을 적어보고,
머뭇거리거나 멈췄다면, 며칠 뒤 다시 생각하고 질문을 마주할 것.

WHY AM I?

_____

_____

_____

_____

_____

_____

_____

_____

좀 더 명확해졌는가?
글로 정리하면 생각은 좀 더 명확해지고
우리는 이를 좀 더 객관적으로 바라볼 수 있다.
그제야 우리는 인생이란 바다로
나아갈 준비가 된 것이다.

늘 행복하고 지혜로운 사람이 되기 위해서는
자주 변해야 한다.

———

공자

인생 리셋을 위한 셀프 퀘스천

내 인생에 묻습니다

제1판 1쇄 인쇄 l 2023년 12월 18일
제1판 1쇄 발행 l 2023년 12월 29일

지은이 l 투에고
펴낸이 l 김수언
펴낸곳 l 한국경제신문 한경BP
책임편집 l 최경민
저작권 l 백상아
홍 보 l 서은실·이여진·박도현
마케팅 l 김규형·정우연
디자인 l 권석중
본문디자인 l 디자인 현

주 소 l 서울특별시 중구 청파로 463
기획출판팀 l 02-3604-590, 584
영업마케팅팀 l 02-3604-595, 562 FAX l 02-3604-599
H l http://bp.hankyung.com E l bp@hankyung.com
F l www.facebook.com/hankyungbp
등 록 l 제 2-315(1967. 5. 15)

ISBN 978-89-475-4934-9 03810

책값은 뒤표지에 있습니다.
잘못 만들어진 책은 구입처에서 바꿔드립니다.